ベリーズ文庫

溺愛CEOといきなり新婚生活!?

北条歩来

STARTS
スターツ出版株式会社

目次

溺愛CEOといきなり新婚生活!?

愛する彼のため

塩茹でされた空豆をつまみながら、黙って彼の様子を見つめる。

彼はそんな私を切れ長の瞳で静観し、三分の一までビールを飲み進めたジョッキの持ち手から指を離した。

「頼むから、引き受けてくれない？」

「内容をちゃんと教えてください」

「この通り！　お前にしか言えないんだよ」

彼が両手を合わせてきて、私は困った表情を向ける。

ここのところ予定が合わず二週間ぶりのデートなのに、いきなり頼みごとをされるとは思ってもいなかったから、どう反応していいのか分からない。

愛する彼の頼みはできたら叶えてあげたいとは思う。だけど、なにも分からないまま〝引き受けて〟と言われても、素直に〝はい〟とは頷《うなず》けなくて……。

「引き受けてくれたら、ちゃんと話すから」

「……無理です。先に言ってください」

「そこをなんとか」

食い下がる目の前の彼は、私の恋人である小泉雅哉《こいずみまさや》。三十六歳の若さで大手広告代理店『鳳凰堂《ほうおうどう》』の専務取締役になった、いわゆるエリートだ。

ちなみに、私の勤務先も鳳凰堂にはお世話になっていて、彼はうちの会社の役員とも仲がいいらしい。

雅哉さんはとても紳士的で、なにをするにもスマート。こうして頼みごとをしてくる姿でさえ、佇まいがいい。

耳介《じかい》が見えるビジネスマンらしいヘアスタイルは、知的な顔立ちを引き立てていて、今日は前髪を上げているからか快活でより若々しい印象だ。百八十一センチの背丈はスーツ姿が絵になるし、私が先月プレゼントした青と白のクレリックシャツが褐色《かっしょく》に焼けた肌によく似合っている。

「分かりました。……それで、私はなにをしたらいいですか？」

手を合わせる彼がまるで神頼みしているようで、とうとう折れてしまった。

私が恋人に尽くしてしまうタイプだと知っているから、こうして頼み込んできたのだろうと気付いたのは、打ち明けられた内容にすぐに後悔したからだ。話を聞きながらも、納得も理解もできず疑問だけが湧き続ける。

彼が必死に頼み込んできたのは、『サンプリングマリッジ』というものだった。初耳だったけれど、どうやら有名な結婚相談所が主催する〝実験的同棲観察〟の企画で、初対面の男女同士が三カ月の間だけ生活を共にするのだという。鳳凰堂がその結婚相談所の広告を手掛けていて、応募者が予定数を大幅に割っているから協力してほしいと彼に依頼があったそうだ。

それもそうだろう。こんな企画に参加を決意する人がいるなんて思えない。だけど、参加に必要な条件を私が難なくクリアしているというだけで、彼は両手を合わせてきたのだ。

条件その一。同棲の経験がないこと。

私は雅哉さんと近い将来一緒に暮らしたいと思っているから、その時までの楽しみにしたかったけれど、経験のある彼曰く『同棲は甘い時間ばかりじゃないし、できれば先に冷静に現実を見てきてほしい』とも言われた。

条件その二。結婚願望があること。

私、上遠野《かとおの》花澄《かすみ》は二十八歳。つまり、親世代でいう結婚適齢期というものだ。このところ世の中が変わってきて、おひとり様でもだいぶ生きやすくはなったけれど、やっぱり愛する人がいるなら一緒になりたいと思うのは当然だろう。

そして最後の条件は、自由に生活を選べる環境にあること。

私はひとり暮らしだし、通勤や生活に不便がなければどこでも暮らせる。

この条件に当てはまっているからという理由で、応募者の足りない企画への参加を懇願《こんがん》されてしまった。

「どうしても参加しなくちゃダメ？　雅哉さん以外の人と生活するなんて……」

「俺の頼みだけを特別に聞いてくれる優しい花澄が大好きなんだよ。分かるだろ？」

願いを聞き入れてもらえた彼は胸のつかえが取れたのか、ホッとした表情でビールを飲み干し、戸惑う私の様子を気にする素振りもなく腕時計を見遣ってから、店員に会計を頼んだ。

「……今夜は帰っちゃうの？」

「明日の朝、客先に直行するんだ。帰って着替えないと」

彼はデートをすると私の自宅に泊まっていくこともあって、そういう日はお酒を多く飲むし、煙草も吸う。だけど、今夜のように帰る日は飲酒も控えめで、煙草は絶対に吸わない。

どうしてなのかなんて聞かずに彼の意思に従うのは、いつからかこれが普通になってしまったからだ。理由を聞いたって、今夜みたいに仕事を理由にするだろうし、推察力のない女は嫌いだと言っていたからどうも言い出しにくい。

腑《ふ》に落ちないまま、付き合い始めた二年前から通い続けている和食店を二十二時過ぎに出た。


帰宅するまでの間、電車に揺られながら今一度考え直す。

あまりにも雅哉さんが困っている様子だったから承諾してしまったけれど、初対面の男性と三カ月も同棲するなんて受け入れにくい。他の誰かを頼ってくれたらいいものを、どうして付き合っている彼女に頼もうと思ったのだろう。

雅哉さんは、私が他の異性と生活しても平気なの？　絶対に安全だって言い切れない環境になんの不安も抱かないのかな……。

やっぱり断ろうと思い直し、携帯をバッグから出してメッセージ画面を表示させる。

【ごめんなさい。やっぱり、サンプリングマリッジのお話はお断りしたいです。どうしても、雅哉さん以外の人と生活をするなんて考えられないんです】

私の本当の気持ちを指先で選んで送信したら、すぐに既読がついた。

【無理を言って申し訳ないけど、もう先方に話してしまったから取り消しはできないよ。面倒なお願いで心苦しいけれど、これも俺のためだと思って、今回だけでものん

でほしい】

【私が他の男性と生活をするのは、平気なの？】

【平気なわけないだろ？　心配だし毎日でも顔を見ないと安心できなくなるかもしれない。だけど、花澄じゃないと頼めないんだよ】

私じゃないとなんて言われたら、言い返せなくなる。

この先ずっと彼と過ごしていく中で、どんな困難が待ち受けていようと手を取り合って乗り越えられる関係でいたいと思う。それは相手が雅哉さんだからで、他の人ならきっとそんなふうに思ったりしないはず。だから、愛する彼が困っているのなら助けたい。彼のためになるなら、支えたいし協力してあげたい。

【分かりました。詳細が分かったら教えてください】

今度こそ彼の願いを受け入れた私に、彼は【おやすみ】と返事を返してきた。

雅哉さんはタクシーで十五分も走れば自宅に着くと言っていたから、そろそろシャワーを浴びて寝支度を整えている頃だろう。私はそれ以上のやり取りを控え、帰宅してシャワーを浴び、日が変わる前にベッドに入った。

——それから一週間後。五月二十日、土曜の十時。

サンプリングマリッジの待ち合わせに指定された、都内屈指の高層タワーマンションのエントランス前で、私は相手の到着を待っているところだ。

マンションの駐車場に出入りするのは、どれもこれも高級車ばかり。ずっと立っている私に多少の不審な目を向けつつ、運転している主婦と思しき女性はハンドルを切って走り去った。

どんな人が来るんだろう……。

不安を拭いきれないまま今日を迎えた私は、雲ひとつない青空を仰ぎ見て、緊張を解そうと深呼吸をした。

街路樹の新緑を揺らしたそよ風が、肩下まであるアッシュブラウンの髪と、マキシ丈の白いスカートをなびかせる。

数メートル先にある大通りの角を曲がって、マンション前へ走ってきた一台の上品な白いセダンに、歩道を行き交う人々が一斉に視線を奪われた。

「上遠野さんですか？」

エントランスの前で一時停止し、運転席のウィンドウを下げて声をかけてきた男性に、私は小走りで駆け寄り、思わず目を見張る。

……えっ⁉　こんなに端整な顔の男性が、サンプリングマリッジの相手なの⁉

「そうです、けど……」

「お待たせしてすみません。このカードキーを使って、中のロビーで待っていてください」

私にそれを手渡した男性は、初夏の風にも負けない爽やかな微笑みをひとつ残して、マンションの地下駐車場へと車を走らせた。

男性を見送ってから、使い慣れないカードキーでオートロックを解錠してマンションに入ると、高級ホテルのようなロビーが広がっていて、なぜか壁伝いに水が流れ落ちる滝まである。平凡なOLの私には縁遠く、すでに気が引けてきた。

「すみません、お待たせしました」

吹き抜けになったエントランスロビーによく通る声が響いて振り返ると、さっきの男性が歩いてきた。

すっきりとした鼻梁《びりょう》とツンとした鼻先、少し薄い唇は綺麗な弧を保っている。彫刻のような整った顔立ちなのに、微笑みで細められた目元からは、穏やかな人柄を感じた。

緩めのパーマがかけられた黒髪は艶やかで清潔感があり、ピアスはしていないのが分かる長さだ。大きな手に指輪はないけれど、明らかに高級そうな品のある時計が手

と私よりは年上だろう。


首を飾っている。

百八十五センチはありそうな長身で、手足も長い。綺麗な色味のブルーデニムと白いTシャツを纏《まと》い、グレーのジャケットを羽織っていて若々しく見えるけれど、きっと私よりは年上だろう。

ロビーの一角にあるソファに彼が向かったので、私も足を向けた。

「はじめまして。永井《ながい》海都《かいと》と申します。どうぞよろしくお願いいたします」

「上遠野花澄です。こちらこそよろしくお願いいたします」

丁寧にお辞儀をされて、私も同じように返す。

どうぞ、と促されて腰を下ろしたソファでさえ、ふかふかで身体馴染みがいい。なんなら自宅のベッドよりもいいのではないかと思えるほどだ。

落ち着かない私とは違って、このマンションの豪華さに馴染んで見える永井さんは、ゆったりとソファに座り、携帯や財布などの小物を身体の横に置いた。

「確認させていただいてもいいですか？」

「はい」

黙っている私を見かねたのか、永井さんはゆっくりと口を開いた。

「上遠野さんは、同棲のご経験はありますか？」

「……いえ、一度もありません」

二十八歳にもなれば、同棲の経験があってもおかしくないのかもしれない。現に、私の周りにいる同僚や友人だって経験ある人の方が多い。

「あの、永井さんはどうしてこの企画に参加されたんですか？」

彼のような人なら、婚活なんかしなくても困らなそうなのに。もしかして、理想が高いのかなぁ。

「大きな理由はこれといってないですよ。気が向いたから、かな」

「気まぐれで参加するようなものなんですか？」

苦笑いをする永井さんを見て、初対面なのに不躾な質問ばかりしていると気付き、私は慌てて頭を下げた。

「気にしないでください。これから三カ月とはいえ一緒に暮らすんだし、お互い必要以上に気を使わずにいきましょう」

「……そうですね。どうせなら楽しく」

「どうせなら？」

今度は、私が質問を投げかけられて言葉に詰まった。初対面の人にどこまで話すべきか悩んでしまう。

「実は、私は望んでこの場にいるわけではないんです」

自ら応募してやってきた永井さんには申し訳ないけれど、できることなら今すぐ企画が打ち切りになればいいとさえ思っている。だからといって、人数合わせのために仕方なく参加したなんて……失礼すぎて言えるはずもない。

どう説明しようか言葉を選んでいたら、彼がゆっくり立ち上がった。

「ここで長話するのもなんですから、部屋に行きましょう」

数日は困らない程度に持ってきた服や雑貨を詰め込んだスーツケースを引くと、すかさず彼が代わりに持ってくれた。

五基もあるエレベーターのうち、途中階を通過すると表示されている一基の前で、彼の背中を見つめながら到着を待つ。

「聞いているかもしれませんが、生活拠点は最上階の六十階の部屋です」

「最上階⁉」

「ええ、どうせなら、いいところで生活したいでしょ？」

到着を知らせる音が控えめに鳴り、上階行きの方向灯が点滅している。

「それから、先ほどお渡しした鍵をここにかざさないと、最上階のボタンは押せない仕組みになっているので気を付けてくださいね」

万全なセキュリティの箱の中、たった数分だけ言葉を交わした男性とふたりきり。本来なら多少なりとも警戒するはずなのに、どういうわけか永井さんは私の心の壁を難なく通過してきたような気がする。まるで透明人間のように、するりと。

六十階に到着し、ゆっくりと開いたエレベーターから、永井さんは私を先に降ろしてくれた。

「この通路を右にまっすぐ行って、突き当たりにあるドアから出入りしてください」

「はい……」

彼は当たり前のように話すけれど、大理石と分かる廊下も、飾られている陶器や絵画も、なにもかもが私にとっては豪華すぎて言葉にならない。

カードキーで解錠されたドアの先には広い玄関があった。どこに靴を脱いだらいいのか迷うほどで、永井さんに倣《なら》って隣にオープントウのパンプスを脱いで揃えた。

正面と左右に分かれている廊下は、迷路の入口みたいだ。傍《かたわ》らにあったスリッパを履いて、正面の廊下を行く彼の後を追う。

彼が開けたドアの向こうには広々としたリビングがあって、床から天井までの大窓に囲まれた空間に、私は唖然《あぜん》としてしまった。

「あの……このリビングは何畳あるんですか?」

「四十畳くらいです。キッチンは十畳ちょっと。サンプリングマリッジを最適な環境でしたいと思ったもので」

首を右に振れば、ステンレスの大きな冷蔵庫と汚れひとつないアイランドキッチンがある。食器などが入れられそうな備え付けの棚もあって、とても使いやすそうだ。でも、豪華な室内の様子を前にしたら、余計に緊張してきてしまった。

窓に近づくと眼下の景色に足が竦《すく》むけれど、見上げればどこまでも続く真っ青な都会の空が広がっている。

「とても素敵なお部屋ですね」

「そう言ってもらえてよかったです。この階はワンフロア一世帯なので、他の住人に会うことはありませんし、気兼ねなく過ごしてください」

ワンフロア一世帯と聞かされ、枝分かれしていた廊下や広すぎるリビングに納得がいったけれど、こんなに贅沢《ぜいたく》な部屋ではどうも落ち着かない。

リビングには、オットマン付きの大きなソファやガラス天板のローテーブル、七十インチはありそうなテレビ、センスのいい観葉植物が置かれているものの生活感がなく、どこにいたらいいのか迷ってしまった。

「お互いのことを知らないと生活しにくいでしょうから、少し話しませんか?」

先にソファに座った彼に促され、未だ緊張の解けない私はふたり分ほどの距離を置いて並んで座った。

「じゃあ、先に俺から。改めまして、永井海都と申します。年齢は今年で三十三歳です」

彼はテーブルに置いていた黒革のカードケースを開き、名刺を渡してきた。

ありがたく受け取った私は、その社名と肩書を見るなり目を丸くした。サンプリングマリッジの相手が大企業のＣＥＯだったからだ。

「……あの永井ホールディングスの社長さんなんですか⁉」

驚きのあまり、声がひっくり返ってしまった。

「弊社をご存知いただいていたとは光栄です」

私の反応に驚くことなく、永井さんはすらりと伸びた足を悠然と組む。

永井ホールディングスといえば、話題性のあるレストランや結婚式場などを数多く経営していて、利用客から高評価を得ている一流企業だ。私もいつか雅哉さんと式を挙げるならと選んだ式場に、永井ホールディングスのチャペルもあったはず。

ブライダル業界では最大手で、国内外で成功を収めている一流企業のＣＥＯが目の前にいるなんて……。

「なにか飲みながら話しましょうか。先に買っておいたから、なんでもありますよ」

「ジャスミンティーはありますか？」

ソファから立ち上がってキッチンに向かう永井さんを追うように、身体を向ける。

彼は冷蔵庫からペットボトルを出してグラスに注ぎ、テーブルにふたつ並べると、再び距離を空けて隣に座った。

「では、私も……。改めまして、上遠野花澄と申します。年齢は二十八歳で、旅行会社のＡＴＳ《エーティーエス》に勤めています」

「随分と大手にお勤めなんですね」

「御社には及びません」

私が勤務しているＡＴＳ社は、国内で最も歴史のある旅行会社だ。社員はグループ全体で二万人を超える規模で、本社を都内一等地に古くから構え、海外にもいくつか拠点がある。私は国内マーケティング部に所属していて、その中でも近年勢いのあるネット市場を担当している。いかに他社より魅力的な商品を並べ、より利益のある価格で多く売り出せるかを考えるのが仕事だ。

――と言えば聞こえはいいけれど、実際の私は自慢できるようなスキルもなく、ひたすら地道に仕事をするだけのごく普通の女子社員だ。社内には華やかオーラを放つ綺麗な女子社員も多くいるけれど、私は目立つのが不得手だし、自分から発言することもほとんどない。普段は何事も控えめな方だと思う。

「上遠野さんは、ひとり暮らし?」

「はい。ですので、このサンプリングマリッジには支障なく参加できますが……」

実はお付き合いしている人がいて、その彼に頼まれてやってきたなんて言ったら、永井さんはどんな顔をするだろう。立腹して場の空気が最悪になる可能性もあるけれど、三カ月も生活を共にするのに参加を決めた経緯を隠し通す自信もないし、フェアじゃないだろう。

「実は、恋人がいるんです。その彼の勤務先と繋《つな》がりのある企業がこのサンプリングマリッジを主催しているらしくて……応募者が足りないから助けてほしいって言われたんです。そういう事情なので申し訳ないのですが、私は婚活のために参加したわけではなくて……」

しどろもどろで説明する私に、永井さんは「そっか」と軽く相槌《あいづち》を打ち、ジャスミンティーをひと口含み喉に通した。

なんでもないその仕草が色っぽくて、思わず見惚《みと》れてしまいそうになり、私は慌てて視線を逸らしてしまった。

特に怪訝《けげん》な顔をされることもなく、参加の経緯を打ち明けて正解だったかもしれないと胸を撫で下ろす。恋人の存在を知らせておけば、間違いは起きないだろうし……。

「俺は、自社が企画しているのでモニターとして参加しているだけです。それから言い忘れていましたが、ここは俺の自宅ですので、どうぞお気遣いなく」

「えっ⁉」

驚愕の事実に言葉を失い、真正面から見つめてくる彼の力強い眼差しに息をのむ。

まさか、サンプリングマリッジを企画したのが、永井さんが経営している結婚相談所だったなんて……。それに、彼の自宅に上がってしまっていたとは思わなかった。

「社長さんは色々と大変ですね……」

「上遠野さんこそ、お付き合いされている方のお願いとはいえ、随分と優しいんですね」

「……彼が、とても困っている様子だったので」

私が渋々とはいえ雅哉さんの願いをのんだのは、彼を助けてあげたいと思ったから。それは、彼を愛していて、未来ある関係だからこその想いだ。

「甘いなぁ、本当。だから、相手の方のこんな無茶な願いも聞き入れてしまうんでしょう」

彼は穏やかに笑みを浮かべながらも、キッとした鋭さで私を見つめてくる。

出会ってからまだ一時間も経っていないのに、私を否定するような永井さんの言葉に不快感を覚え、両手のひらをギュッと拳《こぶし》にして意を決する。

「……永井さんに言われたくありません‼」

互いを少しでも知るために設けたこの時間は、あっという間に不穏な空気に変わってしまった。

いくら大社長が相手だとしても、こんなに棘《とげ》のある会話から同棲を始めて楽しく過ごせるわけがない。そもそも私は好きで参加しているわけじゃないし、未来を決めた彼の頼みじゃなかったらここにはいない。

――これって無理に続ける必要があるの？　事情を話せば雅哉さんも分かってくれるはず。永井さんにも他の女性を選んでもらった方がお互いのためだと思う。

「申し訳ありませんが、このお話はなかったことにしたいです」

私はそう言ってソファから腰を上げ、傍らに置いていたバッグを持った。

「契約違反は、違約金が発生しますよ」

「そんな話、聞いてません‼」

「あなたの場合、上遠野さんの大切な方にご請求させていただくことになるかと」

おもむろに立ち上がった彼は一歩ずつ私に近づいて、長身から見下ろしてくる。

「……考えさせてください」

バッグから携帯を出し、永井さんの視線から逃れるように玄関の方へ向かう。

【雅哉さん、やっぱりこの生活は続けられないかもしれません。やめてしまった時はごめんなさい】

廊下の壁にもたれながら、雅哉さんにメッセージを送った。

彼がもうやめていいと折れてくれたら……。違約金のことだって、彼ならきっと知っているはず。とにかく合わないものは合わないし、嫌なものは嫌。

【まだ始まったばかりだろ？　せめて一週間くらいは続けてみて、それでもダメだったらまた言って】

そんな……一週間なんて耐えられるはずがないじゃない。

期待外れだった雅哉さんからの返事に、私もすかさず返信する。

【どうしてやめさせてくれないの？】

【花澄は、俺を困らせたいのか？　俺のために力を貸してくれないってこと？　なにか危険な目に遭ったなら話は分かるけど……相手はどんな人？】

彼の問いかけに、永井ホールディングスのＣＥＯだと返した。私のようなごく普通のOLには釣り合わない大物だと知ったら、彼だってきっと驚くに違いない。いくら私を信じてくれていても、なにかあってからじゃ彼が困るはずだし、無理強いはしないと思った。

【そんなにすごい人が相手なら、噛み合わないと思うのも納得したよ。時間が解決してくれるだろうから、俺はなにも心配してないよ。永井社長ならかわいがってくれるんじゃないか?】

そういうことじゃない。雅哉さんの頼みだから、仕方なく折れてのんだだけなのに。どうして分かってくれないのかと苛立ち、吐き出したため息は深くて重い。

【もういいです。どうなっても知りませんからね】

感情のまま、投げやりになって送ったメッセージには数秒経ってから既読がついた。そして、携帯の画面が着信に切り替わり、雅哉さんの名前が表示された。

「どうして分かってくれないの?」

開口一番に溢れた感情をぶつけたら、彼は少し驚いて間を置いているように感じた。永井さんに聞かれたくなくて、できるだけ声を抑えようと努める。

《……ごめん、怒らせたみたいで》

みたいで、じゃないわよ。私を一体なんだと思っているの?

「私、雅哉さんのモノじゃないんです。嫌なものは嫌だし、無理なことだってあるんです」

《分かってるよ、それは俺だって同じ》

「じゃあ、もうここから帰ってもいいですね？」

分かってるなら、もっと理解を示してよ。こんなことなら、最初から断ればよかった。

泣きたくなる気分で同意を求めるのに、彼の声色はまるで変わらない。それどころか、いつもより冷めて聞こえるような気がした。

《だから、一週間だけでもいいから、そこで生活してほしいんだ。永井社長といれば、なにか学ぶものもあるだろうから、お前にとっても得だと思わないか？　それに、違約金を払うのは俺なんだ。頼むからこれ以上困らせないでくれ》

「どうして私のお願いは聞いてくれないの⁉」

彼の願いを叶えてあげたい一心で、甘さを出してしまった自分のせいだとも思うけれど、それだけじゃどうにも腑に落ちないのだ。

私を本当に大切だと思ってくれているの？

自分のことしか頭にない彼に苛立ちがピークになる。少しでも私のことを考えてくれるなら、違約金なんて気にしないで守ってくれるのが普通だと思うのに……。

《三カ月経って、花澄が同棲がどんなものなのか分かってくれたなら、その後は俺と結婚を前提に一緒に暮らさないか？》

待っていたその言葉を、こんな時に電話越しで言ってほしくはなかった。

だけど、未来を予感させる彼の申し出を断る選択肢は持ち合わせていないから、それ以上の反論はできなくなった。

「どうしたの？　浮かない顔をして」

雅哉さんと話し終えた私が肩を落としてリビングに戻るなり、永井さんは遠慮なく尋ねてきた。

「サンプリングマリッジ、三カ月後までやります」

「あんなにやめる気満々だったのに、どういう風の吹き回し？」

「……終わったら、彼と結婚前提で同棲をする約束をしたんです」

甘いと言われたばかりだ。どうせまた呆れられるのだろう。どうしようもない女だと思われてしまうかもしれない。

それでもいい。だって、私が求めていた雅哉さんとの結婚が着実に迫っているのだから。

たった三カ月、この人と生活を共にして、同棲がどんなものなのか知るだけ。社会勉強のようなものだと割り切るしかない。

「そう。よかったじゃない。じゃあ、改めてどうぞよろしく」

永井さんは穏やかな表情を変えることなく、ソファに座ったままで私にそう返した。


お昼を過ぎ、空腹を感じてキッチンに立つと、永井さんも自然と隣に立った。彼は飾り気のないステンレスの冷蔵庫から野菜を取り出し、手伝うと言ってくれた。

野菜を適当な大きさに切りつつ、鍋で茹でているパスタの様子を見ながら、フライパンでソースを作る。

「手際がいいね」

「いつも自炊しているので。でも特別なことはなにもしてないですよ?」

切った野菜をフライパンで軽く炒めながら、永井さんを見上げる。

「俺に言い寄ってくる女性は、俺の金で外食するのが当然と思っているような人が多かったから、自炊をしている女性は素敵だと思いますよ」

どういう言葉を返せばいいのか、黙々と野菜とベーコンを炒め合わせる。

「永井さんは、こういうお部屋が好きなんですか？」

「まぁ、狭いよりは広い方がいいから」

平凡なOLの私にはとても手の届かない豪勢な生活は、永井さんには似合うと思うけれど、この部屋は広すぎる。

５ＬＤＫの間取りのうち、永井さんは十五畳の洋室をメインに使っているという。私も自由に使っていいと言われて、十二畳の洋室を選んだところだ。残りは彼の衣装部屋と空室がふたつ。使っていない部屋がある時点で、贅沢としか言いようがない。

「ところで上遠野さんは、どうして今の彼を選んだの？」

「もともと、取引先の方なんです。私がミスをして謝罪に伺った時にとても優しくしてもらえて、その後食事会を通して仲よくなったんですけど。彼はとても博識でいろんなことを教えてもらえるし、紳士的だし……」

私が雅哉さんとの馴れ初めを話すと、永井さんはふっと口元に笑みを浮かべた。

「相当好きなんだね、彼のこと」

「……それは、まぁ」

「一途に想われている彼は、本当に幸せ者ですね。そういえば、俺の知り合いに不倫している男がいるんです。同じ男としても、ブライダル関連の企業を経営している者としても腹立たしい限りで」

「最低ですね、それは」

「ええ、同感です」

「私は、自分が決めた相手を一生愛せないなら、結婚なんてするべきじゃないと思います。いいことばかりが詰まった未来が待っているとは限らないけど、それでも手を取り合って乗り越えていくことに意味があるはずだし、お互いに高め合える存在であるべきじゃないですか。魔が差したからって他の女性と関係を結ぶ人なんて信用できないし、横取りする女性の気が知れません」

私が持論を熱弁しすぎたのか、永井さんは大きく頷いて笑みを見せた。

「上遠野さんがとても真面目で一途な人なのは分かりました。……これはもう運んでいいの？」

「あ……はい。すみません、お願いします」

ついさっきまでは言い合いをしていたのに、話していたら彼の親しみやすさに気付かされた。そして、できあがったパスタとサラダを運んでくれる姿に、大企業のＣＥＯという肩書や圧を感じさせない人柄を感じ、少しだけ気持ちが軽くなった。

本気に火を点けて

　翌朝、七時。

　日曜だからゆっくり起きるつもりでいたけれど、住み慣れていない部屋で、しかも永井さんと一緒に暮らしているという現実についていけないのか、平日とたいして変わらない時間に目が覚めてしまった。

　着替えを済ませ、洗面室で軽くメイクをしてからリビングに出ると、どこまでも広がる朝の都心の街並みと、遠くに見える湾が輝いている。

「朝も夜も、景色は最高なのになぁ……」

　ここが私と雅哉さんの新居だったなら、どんなに幸せだろう。先に起きた私が朝食を作っていると、ぐっすり眠っていた彼が起きてきて、食事をしながら『今日はどうしようか』って話したりして……。

　近い未来、きっとそんな日々を過ごすのだから、この生活を有意義にするには、今できることをしよう。

　まずは、料理の腕を磨くには食べてくれる人がいた方がいい。永井さんなら正直な意見を言ってくれそうな気がする。

「なにがいいかな……」

永井さんの好みはまったく分からない。昨日、一緒に昼食を食べた後、彼は仕事があると言って出かけてしまったから、そういった話はできなかった。帰宅したのは私が眠ってからで、あれから顔を合わせていないのだ。

冷蔵庫を開けて食材を取り出し、キッチンに立つ。使いかけの野菜でサラダとコンソメスープを作った。スープはちょっと具だくさんになったけど、これはこれでいいかと片手鍋の蓋《ふた》を閉じて火を止めた。

今朝の挑戦は手作りドレッシング。料理アプリを見ながら作ってみたけど、我ながら上手くできたと思う。

「……早いね、もう起きてたの？」

「おはようございます」

八時半を過ぎた頃、眠たそうに、パイル地の黒いスウェット姿で永井さんが起きてきた。昨日初めて会ったばかりとは思えないほど、穏やかでまどろんだ雰囲気が彼の持つ色気と相まっている。

きっと私のことをただのモニター相手としか思っていないから、出会ったばかりの私と一緒に生活することになっても、彼は素を出しているんだろうな。

踵《きびす》を返して廊下へ出ていった彼の背を見送り、止まっていた手元を再び動かし、ドレッシングボウルに適量を注いで、すぐ食べられるように準備を進める。

「あれ？　なんかすごくいい匂いがする」

身支度を整えた彼が再びリビングに戻ってきて、ウォーターサーバーの水を飲みながら、アイランドキッチンの向こうに立った。

「朝ご飯を作ってみたので、よかったらどうですか？」

「ありがとう、嬉しいよ」

先にダイニングテーブルに座った彼の前に食事を並べ、トーストしたパンとバターも置いた。

「至れり尽くせりだなぁ。いただきます」

「どうぞ」

向かい合って食事をとる間、特に会話はない。

目玉焼きの焼き具合が半熟なのは私のこだわりだけど、彼がなにも文句を言わないということは、口に合ってるのかなぁ。

「ごちそう様。美味しかったよ」

先に食べ終えた彼が、席を立つことなくずっと眺めてくるから、私は戸惑ってカトラリーを持つ手を止めてしまった。

「上遠野さんは、本当にかわいい人だね」

「えっ⁉」

「って、昨日から思ってたんだけど」

朝からなにを言うかと思ったら、今度は心にもないことを。朝食のお礼のリップサービスならいらないのに。

淡々と食事を終えて、お皿をシンクに下げようとすると、永井さんがふたり分の食器を重ねて運び、進んでお皿を洗い始める。

「すみません、社長さんにこんなことを」

恐縮しながらも、隣で洗い終わったお皿を拭く。

「これくらいするよ。美味しい朝食を作ってくれたお礼」

だとしたら、さっきのリップサービスはなんだったんだろう……。からかわれただけ？

「昨日はごめんね。初対面なのに言いすぎたりして」

「私の方こそ、言い返してしまって……不快に思われたのではと」

「そんなことはないよ」

食器拭きを手にしたまま隣に立つ彼を見上げると、小さく首を振っている。

永井さんは、人の心や恋愛に遠慮なくズカズカと入ってくるタイプかもしれないと思っていたのに、今朝はなんだか違う。

「ちょっと羨ましかったんだ。上遠野さんみたいに一途で真面目な人に愛されてる彼のことが。それなのに、この企画によこすなんてどういうことなのか理解できなくて、いい気分はしなかった」

羨ましいだなんて……そんなの当たり前なのに。私が雅哉さんに尽くすのは、それだけ彼を愛しているからで、特別なことではないはず。

「昨日、私は甘いって否定してたじゃないですか」

「甘いと思うよ。いくら恋人の願いとはいえ、言うことを聞きすぎると思う。……でも、それもちょっと羨ましかった。相手のために尽くしているあなたを俺のものにしたいと思った」

突然の告白に面食らって唖然としていると、永井さんは私から食器拭きを奪ってワークトップに置き、自らの手のひらに私の手を乗せて微笑んだ。

「正々堂々、あなたを奪ってもいいですか？」

なんの理由もつけずにただ私を奪いたいと言われて、動揺のままに鼓動が早鐘のように鳴り出した。

「私……お付き合いしていて、未来を決めた彼がいるんですよ?」

「その彼から奪うと決めたんです。あなたを幸せにするのは、彼じゃない」

不意に手を引かれ、永井さんの胸元に飛び込んだ私を、彼はしっかりと抱きしめてくる。

「俺が、あなたを必ず幸せにします」

真剣な眼差しは、決して冗談なんかじゃないと思う。

でも、どうして彼は出会ったばかりなのに奪うなんて言うんだろう。サンプリングマリッジをしているから?

彼をよく知らないのに、鼓動が大きく鳴ったせいで雅哉さんへの背徳感に襲われた。

それから、永井さんは何事もなかったように出かけていった。

昨日も仕事だと言っていたから、CEOともなるとやはり多忙なのだろう。

ひとり留守番をする私は、雅哉さんという彼がいるにもかかわらず、永井さんの気まぐれな告白で熱を帯びた自分の頬を小さく叩いた。

特に予定がなくて、のんびりとした日曜日。雅哉さんにおはようのメッセージを送ったのに、未だ既読はつかない。

いつでも多忙な彼の連絡が遅いのは、この二年で何度もあったし慣れっこだ。私が返事を待っているのも分かっているようだし、返事をしたくてもできない状況にいるんだろうと察する。

でも、日曜日の昼間に、誰とどこにいるの？

以前、『本当に仕事？』って聞いたこともあったけど、蓋を開けてみれば接待ゴルフをしていた。つまり、私が一方的に疑ってしまっただけ。

彼には、『いい年をした大人の女なんだから』って呆れ顔で言われたけれど、恋愛においては年齢なんて関係ないと思う。惚れてしまったら最後、どんな時でも自分だけを見ていてほしいし、想っていてほしいって……仕事にさえ妬いてしまうこともある。雅哉さんは現実的な考え方をする人だから、私みたいに感情を乱されるようなことはなさそうだけど、それはそれで少し寂しいと常々思う。

返信がないだけで気持ちが落ちてしまうのは、それくらい雅哉さんが好きだからだ。勝手に悪い想像を膨らませてムッとしてしまう癖も、彼に直すように言われたっけ……。

四十畳と聞かされたリビングの窓際に据えられたソファで、携帯を傍らに置いてテレビを見る。たいして興味の湧かない番組ばかりで、地上波から衛星放送に切り替え、海外のドラマに局を合わせたところで落ち着いた。

見終わって携帯を確認すると、十八時になろうとしている。ソファに仰向けに寝転んだら、夕焼けに染まった茜色の五月の空が窓から見えた。

L字型のソファは心地いい。端の一辺がベッドのようになっていて、このまま掛布団さえあれば眠れそうだ。

雅哉さんは、まだ忙しくしているのかな。サンプリングマリッジをお願いされた上に、放っておかれている私って、一体なんなんだろう。せっかくの週末に、広くて住み慣れないこの部屋で、ひとりぼんやり過ごすなんて。

「寂しいなぁ……」

ぽつりとこぼした感情は、とても素直だ。

雅哉さんに構ってほしい。できれば、雅哉さんとデートがしたい。

最後に日曜に会ったのはいつだったかな……。ここのところ、デートは平日の夜が多くなってきている。

再び携帯を見ても、連絡はない。雅哉さんが忙しい時は、二十二時過ぎになにかしらメッセージを送ってきてくれることが多いから、今日もきっとそうだろう。

「永井さんは……今夜は早く帰ってくるのかな」

ふと口にした彼の名前は、自分でも驚くほど自然なものだった。

三カ月後には、ここを出ていくことになっている。その間だけの関係なのだから、永井さんと上手くやって楽しく過ごす方が得策だろうし、時間の無駄にもならない。

でも、やっぱり……私をサンプリングマリッジに参加させた、雅哉さんの心模様がどうしても見えない。

嫉妬したりしないの？　日曜になにをしているのか気にならないの？

雅哉さん以外の男性に手料理を振る舞ったり、楽しく笑い合ったり……そういう生活も受け入れられるのかな。夜はどうしてるんだろうって心配しないのだろうか。

──やっぱり、なにかがおかしい。

二カ月ほど前から感じていた違和感は、彼が多忙ですれ違いが続いているせいだと思っていたけれど、それだけじゃない。

もしかしたら雅哉さんは、私以外の誰かに心が動いてしまっているのかもしれない。

十九時前、キッチンで夕食と明日のお弁当のおかずを一緒に作っていると、リビングのドアが開いた。

「ただいま」

「おかえりなさい」

「お、またいい匂いがする」

「お腹空いてますか？」

「うん」と返事をした永井さんの微笑みを見たら、今朝の告白を思い出してしまって、慌てて視線を手元に落とす。

「今日はなに？」

「和食です。肉じゃがとお味噌汁と、浅漬けと……あ、お魚の方がいいですか？」

「どうして？」

疑問を持たれると思わなくて、私は首を傾《かし》げてしまった。

「上遠野さんが、俺に食べさせたいものを作ってくれたら、俺はそれがいいと思ってる」

「……また、そういうっ⁉」

私の右隣に立った彼は、菜箸ごと私の手を掴み、挟んでいた胡瓜《きゅうり》を彼の口元に導いていく。

「あーん」

「しませんっ‼」

抵抗も虚しく、永井さんは胡瓜の端を咥《くわ》えている。そして、ポリポリと小気味いい音を立てながら食べてしまった。

不意をつかれたせいもあるけれど、永井さんの手が触れた時に胸の奥が大きく鳴ったおかげで、抑えられなかった熱が頬に赤みを差す。再び半開きになった彼の唇と、整った顔立ちに視線が奪われた。

「おかわり」

「どうぞ」

「そうじゃなくて」

菜箸を渡そうとした私の手が捉えられ、浅漬けを盛った小鉢へ強制的に動かされる。同じように棒状に切り揃えた大根を指定され、彼は私の手を握ったまま、それを口へ運んだ。

食べる瞬間に見えた、赤くて濡れた舌にぞくりとする。咀嚼《そしゃく》する彼の唇の動きや、飲み込んで上下した喉に、思わず視線が泳いでしまった。

「美味しい」

赤くて丸い舌先を覗かせて、塩気の残る唇を少しだけ舐めた永井さんが微笑む。

「俺を見て、なんで真っ赤になってるの？」

掴まれたままの手をさらに引いて、彼は私を抱きしめた。

「やめて……ください っ」

「どうして？」

今日の永井さんは、なんだか変だ。

こんなことをするために、私はサンプリングマリッジをしているんじゃない。

三カ月後、雅哉さんとの新しい生活を叶えるためなのに――。

「やめないよ。できることなら、今夜にでも俺に惚れさせようって思ってるんだから」

私の腰元を引き寄せる彼は惑わせるような笑みを口元に浮かべ、瞳の奥を見つめてくる。

反抗的な視線を向けると、彼は一層私を引き寄せた。

「彼と結婚するんだから邪魔しないでって、そう言いたいんだろ？」

私は無言で彼の手を振り払い、背を向けて浅漬けを盛り直す。

どうせまた気まぐれでからかわれたに決まってると、声に出さずぼやいた。

「私のこと、なにも知らないのにこんなことされても困ります」

「これから知っていけばいい。時間をかけたところで上手くいくとも限らないのが恋愛だと思うけど」

確かに、私も雅哉さんに惹かれるまでは早かった。でも、それとこれとは別というか……永井さんみたいな人が私に恋をするなんて現実離れしすぎていて、信じられないのだ。

だけど、頬の熱は冷めてくれない。一度動いた鼓動もドキドキ鳴り続けている。

「ねぇ、今朝のサラダのドレッシング、上遠野さんの手作りだったでしょ?」

「どうして分かったんですか?」

「これでも、何店舗かレストランも経営してるからね」

洗い物を始めた私の手は泡にまみれていて、許可なく髪に触れてくる永井さんの手をよけられなかった。

「俺のために作ってくれた?」

「……触らないでください」

「好きな子に触れたいのは、当たり前」

「私は、永井さんのこと好きじゃないです」

彼の指先から、掬《すく》われていた髪がさらりと落ちる。

はっきりと自分の気持ちを伝えただけなのに、沈黙が流れると気まずくて、おもむろに彼を見上げた。

「彼と一緒に暮らした時に作ってあげるためです」

「ふーん……」

右の口角だけを持ち上げ、なにか言いたそうにする彼は、私が洗ったお皿を拭き始めた。

「なんですか？　言いたいことがあるなら言ってください」

「気にしなくていいよ」

風向きが変わったように冷たくあしらわれて、永井さんの顔を覗き込む。

「見つめても、なにも言わないよ」

「……ケチ」

私の呟きを聞き逃さなかった彼に鋭い視線を向けられて、私は息をのんだ。

勢いにまかせて、棘のある物言いをしてしまっていたと気付く。

「今、なんて言った？」

フランクに話してくれているけれど、彼とは昨日知り合ったばかりなのだ。それに、彼は超有名企業のＣＥＯ。間違っても、ケチだなんて言ってはならなかったと、すぐに猛省する。

だけど、そんな私を見て、彼はいたずらっ子のような微笑みで見つめてきた。

「言いたいことは言ってもいいよ。でも……」

突然、彼が鼻先数センチの距離まで一気に顔を近づけてきた。

「俺の本気に火を点けたのは、上遠野さんだからね？」

なんの了承もなく私の額にキスをひとつ落とした彼は、何食わぬ顔でダイニングテーブルに食器を並べている。

そんな彼の背中を見ながら、私は焼印を押されたように熱くなってしまった額に手のひらを当てた。


六人掛けのダイニングテーブルで向かい合い、永井さんは私の作った料理に万遍《まんべん》なく箸をつけ、本当に美味しそうに食べてくれる。

「……さっきからなに？　俺の食べ方が変？」

私は小さく首を振って、違うと答えた。

「ホント、上遠野さんってかわいい」

「そういうことを言うの」

「やめないよ」

彼は私の言葉を遮ると、肉じゃがを小皿に取って頬張り、私の様子を窺うように見つめている。

「……好きとかかわいいとか、思ってもないことを言うのはやめてください‼」

「だから、それは本当だよ。からかってるわけでもないし、嘘をついてるつもりもない」

笑っていた彼がまっすぐな視線を向けてくるから、私は動けなくなった。

「ところで、サンプリングマリッジの課題のことは聞いてる？」

「……課題？」

「専用アプリで日記をつけることになってるんだ。ちゃんと効果検証しないとね」

「内容はなんでもいいんですか？」

「いいよ、普通の日記と変わらないから。だけど、俺のことやこの生活についても正直に触れてもらわないと意味がないから、そこは厳守」

となると、告白をされたり、抱きしめられたことも如実《にょじつ》に書かなくちゃいけないのかな……。

「……効果検証をして、なにが分かるんですか？」

「初対面の男女がたった三カ月だけ一緒に暮らしたら、心境や考え方にどんな変化があるのかを知りたいんだよ。結婚相談所に登録している人たちも初対面同士だから、今後の婚活イベントに活かそうと思って」

ふと疑問が浮かんで、キッチンで二杯目の味噌汁を注いでいる彼を見つめる。

再び向かいの席に戻ってきた彼はお椀を持ち、わずかに唇を尖らせて息を吹きかけた。

「永井さんはどうしてモニター参加しようと思ったんですか?」

「俺が経営している結婚式場やウェディングドレス店、結婚情報誌の出版社、この企画を主催している結婚相談所にレストラン……それから、関連するいくつかのウェブサイト。どの会社でも新企画を立ち上げる時は、お客様の目線でできるだけ参加するようにしているんだ。だから、俺がモニターになるのは変わったことじゃないんだよ」

永井さんが自発的に参加しているのだとしたら、雅哉さんとも知り合いだったりするのかな……。でも、自分の恋人を参加させると知っているとしたら、昨日みたいな言い合いはしなかったかもしれないし、主催側の代表として私の参加を止めてくれていてもおかしくない。

「それにしても、どうして参加させたのか、上遠野さんの彼の気が知れないよ」

「彼と永井さんは、考え方が違うだけだと思います」

やっぱり、私の思い過ごしだろうか。企業同士に繋がりがあっても、彼と雅哉さんは顔を合わせたこともないのかもしれないし……。

「俺が彼氏だったら、他の男と住んで染められた女性より、俺と過ごす時間しか知らない女性の方がグッとくるけどね」

肉じゃがを小皿に取り、食べながらそれとなく永井さんの様子を窺う。

私だって雅哉さんがなにを考えているのか、いまひとつ分からないのだ。彼が結婚へ向けた同棲を約束してくれなかったら、今頃ここを飛び出していてもおかしくない。

「結婚前の彼女を他の男と同棲させるなんて、よほど自信があるんだと思うよ。……本当に羨ましい」

「なにがですか？」

「上遠野さんが自分から離れることはないって、自信があるからこんなことさせられるんでしょ？　もしかしたら自分から気持ちが離れてしまうんじゃないかとか、そういう不安が皆無だとしか思えない」

「そんなことないと思いますけど」

と言ってから、隣の椅子の上に置いていた携帯に視線を落とすものの、雅哉さんから返事は一向に届かない。

本当に深夜にならないと、メッセージすら確認できないのかな……。

「どちらにしても、あなたを奪うことに変わりはないんだけどね」

永井さんのような大社長は、どこかの令嬢や華のある女性を伴侶にするのが普通だと思う。私みたいにとりえのない、平凡なＯＬには縁のない話だ。

それに、いくら奪うと言われたところで私の気持ちは変わらない。

だけど、彼は余裕たっぷりの表情を崩すことなく、告白も撤回しなかった。


食事を終え、明日のために寝支度を整えた。

平日は六時半に起きて、九時前には余裕をもって出社している。自宅よりこの部屋の方が会社には近いけれど、いつもと違う路線に乗らなくてはいけないから、念のためいつもと同じ時間に出かけよう。

シャワーを済ませ、髪を乾かしてリビングに戻ると、ノートパソコンで作業をしている永井さんがいた。耳にワイヤレスのイヤホンをしているから、話しかけるのは憚《はばか》られて、私は自分の部屋に入ることにした。

今日の永井さんは、昨日とは別人のようだったとベッドに座って思い返す。

好きだとか、かわいいとか、奪うとか……。恋人がいる身で好意を伝えられても困る。それに『本気に火を点けた』って言っていたのは……どういうことなんだろう?永井さんといると、感情が忙しい。思わず言い返してしまうほどムッとさせられたかと思えば、ドキドキするようなことを……。

部屋のドアが不意にノックされて、ベッドの上でクッションをかかえていた私は目を向けた。

「今からシャワー浴びてくるから、もう少しだけ起きてて」

永井さんはドア越しにそう言い残してすぐに去ったようで、気配が遠のいた。

待っててと言われたら待ってしまうのが私の性格で、ダブルベッドにそのまま仰向けになり、室内をぼんやりと見つめる。

壁時計はもうすぐ二十二時を指す。雅哉さんから連絡があるとしたら、そろそろだと思うんだけどなぁ。

十五分ほどすると再びドアをノックする音がした。上体を起こして返事をすると、永井さんが顔を覗かせた。

「よかった、起きててくれた」

湯上がりの彼はグレーのTシャツに、ギンガムチェック柄の白いハーフパンツを穿いていて、とてもラフな雰囲気に変わっている。セットしていた髪も洗いざらしで、前髪をかき上げた仕草に少しだけドキッとしてしまった。

「……どうしたんですか？」

「日記のアプリ、どれか分からないと思って」

そっか、そういうこと……。

今日の流れで、わざわざ部屋に来てまで待っているように言われたからか、妙に構えてしまっていた自分に気付かされた。

ベッドサイドまで来た永井さんは、中腰で私に画面を見せながら、器用に片手で携帯を操作する。大きさに釣り合う長い指を持っているからできるのだろう。

私は左手で持った携帯を、右手の人差し指で言われた通りに検索をして、アプリをダウンロードした。

「開いたら、〝生活拠点を選択〟っていうプルダウンがあるから、このマンションを選んで、名前と年齢、性別を入力したらＯＫ」

「他のプロフィールの登録はいらないんですか？」

「効果検証のためのアプリだからね。秘密は厳守するし、必要以上の情報も不要」

てきぱきと説明をする彼に言われるまま操作をしていくと、【花澄さん、こんばんは】とメンバー用の画面に切り替わった。

「次に日記のページについてだけど、生活を共有する間、その日記は自分と閲覧の権限がある限られた運営スタッフ以外、誰も見れないから安心して。例えば俺にこうしてほしいけど言えないとか、企画に対する意見とかを書き込んでも大丈夫」

最後に「Q&Aを見ても分からないことがあったらいつでも聞いて」と言い残して、永井さんは部屋を後にした。

彼の説明によると、全参加者をスタッフが面接をした上で信用のおける人だけに参加を認め、各生活拠点は男性側が決めているそうだ。そして、同棲する相手もスタッフがアトランダムに組み合わせているとか。もし、顔や肩書の見えるプロフィールを載せて、参加者が相手を選べるようにすると必ず偏りが出るからだと言われた。

私が非会員で参加できているのは、スタッフが設けた特別枠だからで、永井さんも同じ。彼も他の参加者のことは知らないと聞かされた。

早速、アプリの日記ページに、二日分の出来事や思ったことを綴《つづ》っていく。

最初は不安な気持ちで満たされていたけれど、永井さんと言い合いをしながらも過ごしている間に、だいぶ肩の力が抜けてきていること。それから、『かわいい』と言ってもらえた時には、実は心のどこかで嬉しいと思ったこと……。

最後に、作った料理を必ず美味しいと褒めて、完食してくれるのは嬉しいし、作り甲斐があると思っていることも。

でも、私が雅哉さんの〝彼女〟だという事実は伏せておくことにした。サンプリングマリッジのスタッフだけは雅哉さんを知っているはず。どうして彼女が参加しているのかと詮索されたくないし、余計なことをしてまた雅哉さんと言い合いになるのは避けたいと思った。

翌朝、予定通りに出勤して、仕事に取りかかる。週末は予約サイトの閲覧数も多くなるし、それに伴って商品がよく売れるから、毎週月曜はトレンドやアクセスがあったキーワードを拾って、次のキャンペーンに活かすための作業に追われた。

お昼を過ぎた頃、ようやく雅哉さんから返事が届いた。

【返事できなくてごめん。昨日は酔って帰ったから、すぐ寝てしまって……。今日は取引先と会食の予定が入っているけど、遠くないうちに時間が取れたらいいと思ってる。そっちはどう？　永井社長ほどの社会的地位がある人なら、おかしな間違いは起きないだろうし、俺もある意味安心だよ】

……安心？　どうして？

いくら永井さんが相手だからって、それは慢心じゃないの？　それとも、やっぱり他の誰かに気持ちが向いてしまっているから、私のことは気にならないの？

少しも心配していない様子に寂しさを感じると同時に、私の直感が当たってしまっている気がして、返事を返せなくなった。


定時を三十分ほど過ぎてから帰宅の支度を整え、デスクに置いていた携帯を手にした瞬間、画面が明るく光って通知が表示された。

【永井さんからメッセージが届いています】

サンプリングマリッジのアプリの機能のひとつに、メッセージ機能があると昨晩教えてもらったのを思い出した。企画終了と同時にアプリは使用できなくなる仕様で、企画のルール上、双方の了承があればプライベートの連絡先でやり取りしてもいいらしいけれど、まだ私たちは連絡先を交換していない。

【仕事、終わりましたか？】

【はい。今から帰るところです】

そう返してから、パウダールームで軽くメイクを直し、エレベーターで社屋の一階へ出た。

「花澄、また明日！」

正面入口のドアを出たところで同僚の女子に元気に声をかけられ、私も小さく手を振り返す。

ＡＴＳ本社は主要幹線沿いに建っていて、車の往来が多い。駅に向かうには横断しなくてはならず、なかなか変わらない赤信号に新入社員の頃はイライラしたこともあった。だけど今となっては、仕事を終えて一日を振り返る場所でもある。

「上遠野様、お待ちしておりました」

信号待ちをしている私の前に、黒いスーツを着た長身の男性が突然立ち塞がって話しかけてきた。

「……あの、どちら様でしょうか」

「申し遅れました。私は九条《くじょう》と申します。永井ホールディングスの社長秘書兼、運転手をしております。本日は、永井の指示でお迎えに上がりました」

九条と名乗ったこの男性は、永井さんと同年代に見える。身体の前で軽く組まれた両手には運転手らしい白手袋をしていて、ふと視線を右に流すと、明らかに高級そうな大型のセダンが路肩に停まっていた。

促されるまま、後部ドアまで自然にエスコートされて、ハッと気付いた。

「どうぞお乗りください」

「すみません、あの……永井さんは」

彼からはつい数分前に連絡がきたところだ。この男性が本当に永井さんの運転手なのか疑わしく思い、手にしていた携帯を操作する。

アプリを起動させると同時に、目の前のウィンドウがゆっくり下がった。

「お疲れ様、上遠野さん」

「永井さん！」

九条さんは無言でドアを開け、淡々とした表情で私を乗せると、運転席へ回った。

「ごめんね、突然来て」

「どうされたんですか？」

「よかったら、一緒に食事でもと思ったので」

走り出した車の中はとても広く、永井さんの長い脚も余裕で収まっている。

初めて見たスーツ姿の永井さんは絵になるほど格好いい。ピンストライプのスーツと淡いブルーのカラーシャツが爽やかで、この季節によく合っている。

「和食と洋食なら、どっちの気分？」

「うーん……和食です」

「和食ね。……九条、例の店へ」

「かしこまりました」

運転席でハンドルを握る九条さんは、ウインカーを出して右折レーンに入った。

〝例の店〟で通じるほど永井さんが行きつけにしている店は、どれだけ高級だろうかと不安になってしまう。それに、淡いブルーの七分袖カットソーと白パンツのシンプルな服装は、オフィスカジュアルでよそ行きのものではない。パールのネックレスをしてきてよかったと、胸元で揺れるそれに触れた。

「緊張しなくていいよ。贔屓《ひいき》にしている店だから、いつでも席を空けてくれる」

「私なんかがご一緒したら、恥をかかせてしまいませんか？」

「まさか。上遠野さんのようなかわいらしい女性が隣にいたら、周りの目を引いてしまうことはあっても、恥をかくなんてことは断じてありませんよ」

ゆったりとした後部座席でふたりきり、視線を交える。彼は穏やかに微笑み、私は緊張から目を泳がせてしまった。

こんな車に乗ったこともなければ、大社長が行きつけにしているような店で食事をした経験もない。サンプリングマリッジが始まって三日目なのに、永井さんは見たことのない新しい世界へと連れ出してくれるようだ。

二十分ほど走って到着したのは、大使館が多い麻布《あざぶ》の街。大通りから一本裏手の道に入ると、静かに車が停まった。

「乗り降りは九条に任せてください」

永井さんに言われて首を傾げていると、九条さんが外からドアを開けた。

「上遠野様、お足元にお気を付けくださいませ」

九条さんが私を降ろしている間に、永井さんは自分でドアを開けて降りてしまい、申し訳ない気分だ。

「すみません、気を使っていただいて」

「客人をもてなすのは当然のことですから、上遠野さんこそお気遣いなく」

永井さんの案内で、背の低いアカバメギの生垣に沿って歩いていく。その間、彼の隣を歩くだけで守られている感じがした。

「今夜はここでゆっくりしましょう」

一枚岩に彫られた【みなみ野】という店名が、灯篭の仄《ほの》かな明かりで照らされている。生垣の向こうに見える打ち放しコンクリートの建物は厳かさがあって、圧倒されてしまった。

こちらの到着に気付いた様子で、和装の女性店員が店内から出てきた。

「永井様、ようこそいらっしゃいました。いつもお引き立てくださり、ありがとうございます」

「突然伺ってすみません。今日もゆっくりさせていただきます」

深々とお辞儀をされて返すものの、店側からここまで丁寧にもてなされるのは初めてで戸惑ってしまった。それに、永井さんがどれほど贔屓にしているのかを知って、本当に私が来てよかったのかと思う。

彼に続いて店の前の小庭に敷かれた石畳を歩き、店内へ案内される間も緊張が解けない。

こぢんまりとした瀟洒《しょうしゃ》な店内は、カウンター席が六つと通路を挟んだ個室がふたつ。カウンターにひとりで座っている先客の男性は、天ぷらを揚げている大将と話している。個室の引き戸は両方とも閉まっていて中の様子は分からないけれど、談笑する声が微かに聞こえてきた。

女性店員の案内で店内を進んでいると、不意に個室の戸が開き、「永井社長」と呼び止められて、私たちは揃って振り返った。

「お久しぶりです。小泉さんもあれからここに通われてるんですか？」

「ええ、教えていただいてからすっかりファンになってしまって」

永井さんを呼び止め、にこやかに話しかけてきたのは、携帯を手にした雅哉さんだった。

彼と遭遇したことにも、永井さんと顔見知りだったことにも驚いていると、ようやく雅哉さんは私に微笑みかけてくれた。

「はじめまして、小泉と申します」

「上遠野と申します……」

温和な声で初対面を演じる彼に面食らい、思わず調子を合わせた挨拶を返す。だけど、雅哉さんはまったく動じる様子はない。

ふと視線を流すと、彼が出てきた個室にいる女性と目が合って、小さく会釈をされた。ショートカットが似合う凛《りん》とした雰囲気は、私なんかじゃ太刀打ちできないほど綺麗だ。

もしかして、彼はこの女性に心が動いてしまっているのだろうか。そうじゃなければ、初対面を演じる必要はないはず。

ここで私が、〝この女性は一体誰なのか〟と問いつめたらどうなるだろう。いつものように私が無駄に妬いているだけだと、怪訝そうにするのかな。それとも取引先の人と一緒にいるのが耐えられないなら、今すぐ別れてくれと言われるだろうか。

「それにしても、さすが天下の永井社長ですね。こんなにかわいらしい女性を連れられるなんて、本当に羨ましい」

一貫して初対面を演じる雅哉さんに不信感を抱いていると、彼は個室の戸を後ろ手で閉めてしまった。彼の落ち着いた声色が〝事実を口にするな〟と言っているようで、私は口を結ぶ。

私は雅哉さんの彼女なのに、どうして？　視線を遮るように戸を閉めたのは、一緒にいる女性を見られたくないから？

「天下だなんてやめてくださいよ。小泉先輩」

――先輩？

私がきょとんとしていると、永井さんは話もそこそこに引き上げ、待っている店員と歩き出した。だけど、私はすぐに彼の背を追えず、雅哉さんがなにか言ってくれないかと期待してしまって、その場から動けなくなる。

「あなたも素敵な夜を」

永井さんが背を向けているのを確認した雅哉さんは、素っ気ない態度で言葉を残すと、耳に携帯を当てながら店の外に出ていった。

嘘つき。携帯を確認する暇くらい作れるじゃない。昨日連絡をくれなかったのは、面倒だったからじゃないの？　相手の女性は本当に取引先の人なの？

私が雅哉さんと近しくなったのも取引先という関係があったからだ。二年前のことが脳裏をよぎり、不安に押しつぶされそうになる。

「どうしたの？」

「……あまりにも素敵なお店で、気後れしちゃって」

立ち尽くしている私に気付いた永井さんが戻ってきてくれて、私の背にそっと手を添えた。

「大丈夫。確かに一見さんはお断りしてるみたいだけど、気取った店ではないよ。店員さんもみんな気さくだから、美味しい食事を楽しみましょう」

紳士的にエスコートされる間も、頭の中では雅哉さんの言葉や態度が思い出されて、心はズキズキと痛んだ。

通された個室は店の奥にあって、カウンター席の声も聞こえてこない。漆塗りの座卓に永井さんと向かい合い、丁寧に盛られた煮物や鮮魚の刺身に箸をつけるものの、気もそぞろになってしまう。

「口に合わなかった？」

「食事もお酒もとても美味しいです」

私は永井さんに小さく首を振って口角をキュッと持ち上げ、微笑みの形を作る。

「それならいいけど……さっきからなんだか上の空みたいだから」

「あの、先ほどの方は」

「鳳凰堂の専務さんで、俺の大学の先輩。学生時代は交流なかったんだけど、ＯＢ会で知り合って、数年前から仲よくさせてもらってるんだ」

「そうなんですか」

雅哉さんだって分かっているのに、人違いであってほしいと願ってしまう。彼が初対面を演じ、今も別の個室であの女性と過ごしているなんて信じたくなくて……。

「うちも鳳凰堂にはよくしてもらってるんだよ。素敵でしょ、小泉さん。夜が似合う渋い男って感じがするよね」

「はい……とっても素敵だと思います」

「そっか」

私が本音で返した言葉に、永井さんはわずかに肩を落としたようだった。でも、顎先に手を添えて私を見つめるその表情は、なにかを考えているようにも見えた。

九条さんの運転で帰宅する間、永井さんは隣でタブレットを操作し、仕事をしている。その真剣な横顔に思わず見惚れ、同時に雅哉さんを重ねてしまった。

店を後にする時も、まだ食事をしていた雅哉さんは他人行儀に顔を出して、私と永井さんに挨拶をしてきた。それにも調子を合わせてしまって、結局私はなにも言えなかった。

どうやら〝初対面の上遠野さん〟には弁解の連絡すらくれないようで、マンションに帰宅しても携帯はまったく鳴らない。

「手、出してください」

広々としたリビングのソファに座っている永井さんに話しかけ、私は隣に腰を下ろした。

「手？　こう？」

手のひらを上に向けた永井さんの右手を少しだけ引き寄せ、ゆっくりとマッサージを始めた。

「……気持ちいいけど、急になに？」

「ごちそうになったお礼です。これくらいしか浮かばなかったので」

親指の腹でゆっくりとツボを押しながら、口元に笑みを作って永井さんの顔を見上げた。

表情を緩めている彼は、私と雅哉さんの関係など知る由もないだろう。彼を見つめながら今夜の出来事を思い出せば、今にも涙が滲《にじ》みそうになる。

サンプリングマリッジが終わるまで、雅哉さんとの関係を明かさずに永井さんと過ごすのはつらい。今夜のことをきっかけに、永井さんも雅哉さんの話をしやすくなったかもしれないし、彼の話題で楽しく会話を続けられる自信もない。私たちの関係は口止めされているけれど、こうなったら永井さんにだけは真実を打ち明けておいた方がいいと思った。

「今日お会いした鳳凰堂の小泉さん……実は、私をサンプリングマリッジに出した、例の彼なんです。二年ほど前から」

いつもは涼しげな永井さんの目元が丸くなったけど、私に同情してくれているのか、切ない表情に変わっていく。

二年も前から交際しているのに、こうしてサンプリングマリッジに参加させられて、今夜はとうとう初対面を演じられてしまった。三カ月後の同棲だって、口約束でしかない。それを信じて、彼の頼みを受け入れて……。都合のいい女になるつもりはないのに、少しでも我儘《わがまま》を言えば別れを切り出されてしまいそうで怖い。

「俺も、話したいことがあるんだけど、聞いてくれる？」

私が頷くと、彼はマッサージしていた手を一気に引いて私を抱きしめた。

「絶対に、俺が幸せにする。小泉先輩じゃなくて俺を選んで」

「永井さん……」

「俺なら、そんな悲しい顔はさせない」

「……どうして、永井さんはそんなことばかり言うんですか？」

力強く抱きしめられたら、想いが身体に染みてくるような気がして、彼の腕の中にすっぽりと収まった私は離れようとした。

「お願いだから、俺に奪われてよ」

ドキドキと忙しなく動く鼓動は、永井さんの想いを感じているからなのか、雅哉さんへの背徳感に襲われているからなのか、未だに混乱している心が自分でも見えない。

それから五分ほどして腕を解いた永井さんは、おもむろに私の頬を大きな手のひらで包んで見つめてきた。

「今日は疲れただろうから、ゆっくりお風呂に入っておいで」

「……ありがとうございます」

自室から着替えを持ち出し、廊下を進んで洗面室の戸を閉め、大きく息をつく。鏡を見たら、今にも泣き出しそうな私が映っていて見るに堪えない。

永井さんは、私がこんな表情をしていたから、優しく宥《なだ》めてくれたんだろうな。雅哉さんとの恋が終われば、切ない想いはしなくて済むと彼は言いたかったのかもしれない。

シャワーの音にかき消されるだろうと、小さく嗚咽《おえつ》を漏らす。

別れたわけでもないのに、心の奥が痛くて涙が止まらない。

連絡を待ってばかりで、文句のひとつも言えない弱い自分が嫌になる。だけど……彼を信じられない自分も嫌。

サンプリングマリッジをしている手前、永井さんに気を使って私を紹介しなかっただけだと都合よく解釈するのは、現実から目を背けたいからなのだろうか。

もっと雅哉さんと向き合いたいのに、彼が本当はなにを考えているのか、私との未来をどれくらい真剣に考えていてくれるのか、真実を知る勇気が出ない。

「永井さん、お風呂空いたのでどうぞ」

「あぁ、分かった。ありがとう」

英字新聞をテーブルに置いてソファから腰を上げた彼は、キッチンでお茶をグラスに注いでいる私のもとにやってきた。

「今日も、あと少し起きてててくれる？　すぐ入ってくるから」

「……分かりました」

「上遠野さんの部屋にいていいからね」

言われた通りに自室のベッドに腰を下ろし、アプリを起動させた。でも、永井さんに素敵な料亭に連れていってもらえたことは残せても、それから先は指が止まる。

思い出すのは、初対面を演じた雅哉さんのこと。今日の彼は、私がこの二年間見てきた、優しくて紳士的な自慢の彼じゃなかった。

それに……一緒にいたあの女性のことが頭から離れない。きっと彼の好きな人だと思えて、悲しくなる。

一番目に私が好きだと言われても、二番目の存在は許せない。私だけを愛していてほしいのに、それがまるで我儘を言っているような気がしてしまうのは、ずっと彼の言うことを聞いてきたせいかな。

「ごめんね、待たせて」

二十分ほどすると、ブランデーを注いだロックグラス片手に永井さんがやってきた。ネイビーと白のボーダー柄Tシャツが爽やかでよく似合っている。

「アプリの使い方なら分かりました。メッセージ機能は便利ですね。なにかあったらこれで連絡しますね」

「うん、そうして。他愛ないことでもいいから、俺はいつでも大歓迎」

ベッドサイドのテーブルにロックグラスを置き、彼が私の隣に座った。

「……お仕事忙しいじゃないですか」

「そうだけど、好きな子とやり取りするのは、モチベーションが上がるものだし」

またそういうことを……と視線で伝えつつ彼を見つめると、いたずらっ子のような笑顔を返された。落ち込んでいるはずなのに、思わずドキッとしてしまった私は、かかえていたクッションに顔を少し埋めて、赤面する前に隠す。

「あの……今日、彼と一緒にいた女性を、永井さんはご存知ですか?」

それを知ったところで、今夜の出来事が変わるわけでもなければ、雅哉さんと面と向かって話さない限りは納得もできそうにない。それでも聞かずにはいられなかった。

あの女性は私を見ても少しも表情を崩さず、にこやかにしていた。その雰囲気は、ずっと前から彼の隣にいたようで、ただの取引先の人には思えなくて……。

今頃、あの綺麗な人と一緒に過ごしているのだろうか。時間を考えたら、一夜を共にしていてもおかしくない。

「……いや、知らない人だったと思うけど」

永井さんは、私の問いかけに数秒の間をおいて答えた。

「そうですか。本命の彼女、かな。……なんて」

自分で言って切なくなる。

冗談交じりに不安を口にすれば、自覚できるほど不器用な笑顔になってしまった。

「っ⁉」

不意に抱きしめてきた永井さんの両腕は、とても解けそうにないほど力が込められていて動けない。

「〝彼女〟だって俺に紹介しなかったのがショックだった？　初対面を装った先輩が信じられなくなりそうで、嫌なんだろ？」

抑えきれずにこぼれた涙が、ひと筋の跡を作って頬を伝う。唇の端から滲む塩気が切なくて、とうとう私はこらえられなくなった。

大切に温めて守ってきた恋が、この数日で音を立てて崩れ、指の隙間から落ちていくようで……。

「小泉先輩に見せられない涙も、俺なら見過ごしたりしない」

優しくされると、涙が止められなくなる。

抱きしめてほしいのは雅哉さんなのに、彼は連絡すらくれない。言い訳でもいいから話したいのに。二年も一緒に過ごしてきた彼なら、私が今どれほど悲しんでいて不安な気持ちになっているか分かっていてほしい。それすら、私の甘えた願いだと言われてしまうだろうか。

「今夜のことも、こうして過ごしてることもやましく思うことはないんだよ。上遠野さんを俺が奪おうとしてるだけでしょ？」

「でも」

「あなたの気持ちに少しも変化がないなら、後ろめたさなんてないはずだけど」

「………………」

言葉に詰まり、自分の心模様を俯瞰《ふかん》する。

想いを告げられてからというもの、ことあるごとに胸の奥が波打つようにドキドキさせられるけど、永井さんに対して恋愛感情はないと断言できる。彼ほどの素敵な人が、出会って間もない私を好いてくれているのが信じられないし、その想いに応えられるような状況でもないからだ。

だけど……雅哉さんのせいで、ほんの少し心に隙間ができていることに気付いてしまったのも事実だった。

秘密のデート

永井さんの行きつけの料亭を訪れてから二日。雅哉さんがようやく連絡をよこしてきた。けれど私がその間無言を貫いていたからか、明らかに機嫌を伺っている様子だった。

【初対面のふりをしたのは、同席していた取引先の方に、プライベートを話す必要がなかったからだよ】

なぜ、私と初対面のふりをしたのか問いただすと、こんな返事が来た。その言い訳が本当かどうか確かめようとすぐに電話をかけたけれど、呼出音が鳴るばかりで通話は叶わなかった。

「どうしたの、ため息ついて」

他部署の同期とランチを取る間も、自席で仕事をする間も、隙をついてため息が漏れてしまう。どうしたのと聞かれても、雅哉さんとの交際は秘密にするように言われているから、単に考えごとをしているだけとごまかすしかなかった。

そもそも、関係を公にしてはいけないなんて窮屈《きゅうくつ》だ。付き合い始めた時にその理由を聞いたら、『鳳凰堂の専務ともなると、あまり私生活を公にしない』と言われて、妙に納得してしまった。平凡な私には分からない役職者の生活には、そういう縛りもあるのだろうと思ってしまったのだ。

だけど、今思えばどうもおかしい。雅哉さんよりも地位の高い永井さんは、プライベートを隠すことなく過ごしているように感じる。比べるものじゃないと思っても、余計に雅哉さんの言い分が本当だとは思えなくなってきた。それもこれも、サンプリングマリッジを始めてからだ。

【雅哉さん、今週中に会えませんか？　どうしても話したいことがあるんです】

【お疲れ様。花澄は仕事終わったの？】

【終わって、今帰宅したところです。それで、いつ会えますか？】

急かすようなメッセージを送ってしまうのは、彼がはぐらかしているように感じたから。前までは……少なくともサンプリングマリッジを始めるまでは、不在着信を残したらかけ直してくれていたのに、今はそんな気遣いも感じられない。

【明日か、再来週の土曜なら空けられると思うよ】

【じゃあ、両方会いたいです。明日は仕事の後に食事でも。土曜はどこかに出かけたいです】

分かった、と返信してきて、彼はメッセージのやり取りを終えてしまった。

もうちょっと私を気にかけてくれるのかと期待していた分、がっかりしてしまう。

永井さんが相手だから、本当に安心しているの？　離れている時間、他の男性と過ごしているのに平気なの？

せっかくデートの約束を取りつけたのに、私のことなんてどうでもいいと言わんばかりのあっさりしたやり取りで、今日一番の重いため息が漏れた。


「ただいま」

「おかえりなさい」

夕食は外で済ませると、メッセージを送ってくれていた永井さんは二十二時過ぎに帰ってきた。

「お酒飲んできたんですね」

「付き合い程度にね」

「お疲れ様でした」

ウォーターサーバーの冷水を飲んでいる彼にそう言うと、ふうっと息をついてから微笑んでくれた。

「ありがとう。上遠野さんに言われると、すごく癒される」

腕にかけていたジャケットとビジネスバッグを持って、自室へ向かう彼の背中は一日働いた男らしさが目に見えるようで、ソファから見送った。

その背中に、つい雅哉さんの姿を重ねてしまう。彼も帰宅したら同じように過ごしているのだろうか。その隣に誰もいないことを願うけれど、彼の言い訳が信じられない私は、この前の女性を思い出して、またひとつため息をついた。

今まで一度も自宅へ呼んでくれないのは、家ではひとりで過ごしたいというこだわりがあるからだと言っていたけど、そうじゃない気もする。私に見られては困るようなものが部屋にあるからじゃないのかな。私以外の誰かと一緒にいるとしたら……とても許せるはずもない。それに、悲しくて情けなくて、立ち直れなくなりそうだ。

リビングに戻ってきた永井さんは、Yシャツの袖をまくりながら私の隣に座り、タブレットを充電器に繋いでから、不動産や観光の業界紙を読み始めた。

「随分と難しい顔してるね。なにかあったの？」

「……いえ、特になにも」

永井さんは帰ってきたばかりなのに、すかさず私の変化に気付いてくれる。

本当は雅哉さんに気付いてほしい。心を埋めてくれるのは彼がいいのに……。

「小泉先輩とは連絡取ってるの?」

「明日、会う約束をしました」

会って話せば、すべて私の考えすぎだったと流せるはず。一緒にいた女性も本当に取引先の人で特別な関係ではないと、納得できる理由を聞かせてくれるだろう。

「今度は、なんだか嬉しそうだね」

業界紙をめくりつつ、私の顔を見て彼は小さく笑った。

「あ……すみません」

「素直でいいと思うけど、あまり俺を妬かせないで」

眉尻を下げて微笑まれると、どういうわけか胸の奥がきゅうっと狭くなる。恋愛感情はないはずなのに、永井さんの優しい表情は、できたばかりの心の隙間から染み込んでくるようだ。

「あの……永井さんと暮らすようになって、まだ数日なんですけど」

「うん」

「どうして私が好きなんですか?」

言ってから、なんてことを聞いたのかと我に返り恥ずかしくなる。それに伴って赤くなった頬を隠そうとしたのに、彼の大きな手のひらで包み込まれてしまった。

優しくもいたずらな笑顔で見つめられると、自分から聞いたくせにますます頬が熱くなる。

「っ‼」

「かわいいから」

「料理が上手で、気遣いもできる素敵な子だなぁって思うけど」

曖昧に会話を切って、彼は穴があくほどにまじまじと私を見つめてきた。

「小泉先輩を一途に想ってるところが、一番惹かれるよ。横取りしたくなる」

永井さんは不敵な笑みを浮かべ、私の頬から手を放した。

熱の冷めない頬を、すぐさま自分の手のひらで覆う。鏡を見なくても真っ赤になっているのが分かるほど熱くて、今度こそ俯《うつむ》いて顔を隠した。

永井さんのストレートな告白が胸に迫る。彼の顔を見られなくなって、テレビ番組に目を泳がせたものの、その内容はまったく頭に入ってこない。

「私は……雅哉さんと結婚しますから」

「俺は、先輩からあなたを奪ってみせるよ」

何度も告げられる熱い言葉のせいで、胸の奥がきゅんと疼《うず》いてしまった。

翌日、雅哉さんが好きそうな服を着て、気に入ってくれた香水もほんのり香る程度に薄く髪に振り、仕事を終えた十八時過ぎに社を後にした。

数日前は、この横断歩道で信号待ちをしていたら、秘書の九条さんに話しかけられて、永井さんの社用車に乗せてもらったんだったと思い出す。みなみ野で雅哉さんとばったり会わなければ、美味しい食事をごちそうになるだけの楽しい夜になったはずだし、きっと今日だって少なからず心が躍っていただろう。

《花澄、もう会社出た?》

「はい。待ち合わせに向かってます」

《そう、それならいい。俺も今から会社を出るから、五分くらい待ってて》

雅哉さんが約束通り来てくれるようでホッとする。やっぱり行けなくなったと当日になって取りやめになったことも過去に何度もあった。いつも忙しい人だから仕方ないと責めもしなかったけど、さすがに今日は会って話したい。

あんなことがあった後だ。どんな顔をして、なにを思案しながらやってくるのだろう。私は、どんな顔で待っていたらいいかな……。

前まではなにも疑わなかったのに、些細なことでも彼の気持ちがどこを向いているか確かめなくてはいられなくなってしまった。

品川《しながわ》駅構内の時計台の下に立ち、待つこと五分ほど。京急線《けいきゅうせん》側に来てほしいと連絡が入ってエスカレーターを降りると、シンプルな黒のスーツに私がプレゼントしたクレリックシャツを合わせてくれている彼をすぐに見つけた。

ずっと会いたかったと感情が噴き出しそうになるのを抑え、笑顔で彼のもとへ駆け寄った。

「花澄はいい女だから目立つな。これだけ人がいてもすぐに見つけたよ」

「私の方が先に雅哉さんを見つけていましたよ」

微笑み合いながら目の前の横断歩道へやってくると、雅哉さんは私の手を取って歩き出した。

「今日は、ここでゆっくりしようと思って。来たことある？」

彼が連れてきてくれたのは、比較的新しくできたホテルの最上階にある、雰囲気のいいレストランバー。

「ないです」

「永井社長にも連れてきてもらってない？」

店内に入ってスタッフに案内された窓際の席に座るなり、雅哉さんに意地悪を言われて、私はすぐに首を横に振った。

「……ふぅーん。この前、みなみ野には来てたのに？」

「あれは、永井さんから突然お誘いいただいただけで」

私には一切目を向けず、手元のメニューに視線を注いで意地悪な質問を続ける彼の横顔に、以前のような優しさが見えなくて不安になる。

「俺はビール。花澄は？」

「……私もビールをいただきます」

「食事は、適当に頼んでいい？」

彼は私の好みを知っているから、頷いて任せることにした。

三十階からの夜景はとても綺麗だ。高層ビルが乱立していて、都会らしい眺望が広がっている。だけど、今日はこの雰囲気に流されてはいけない。

「雅哉さん、この前一緒に食事をしていたのは、どちらの会社の方ですか？」

「それはさすがに社外秘だから言えないよ。現在進行形のプロジェクトでとてもお世話になっている方とだけは、知ってもらって構わないけど。以前からやり取りがある相手だから、花澄が疑うような雰囲気に見えたのかもな」

「……そうですか」

なにを言われても、本当なのかと疑ってしまう。そうさせる彼も嫌だし、そう思ってしまう自分はもっと嫌だ。

「そんなに気になるか？」

「とても綺麗な方だったので」

「また、そうやって無駄に妬くんだな、お前は」

ため息混じりに言った彼は、ビールをひと口飲んで、窓の外に広がる夜景を見つめている。

付き合い始めた頃からずっと、私が妬くと無駄だと言われてきた。私だって、妬かずにいられるなら、そうしたい。

確かにサンプリングマリッジをするまでは、彼の言うことを聞いて、彼の言動すべてを信じてきた。だけど、今日は言いたいことを言わなくちゃいけないと思い直す。

「雅哉さんが好きで好きで仕方ないんです。だから、妬いちゃって……」

「花澄がそんなはっきり物を言うなんて珍しいな。でも、どんなに疑おうと俺はなにも隠していないよ。お前が俺を信じられなくなったなら、迷うことなく別れたっていい」

レストランのスタッフがリブロースのステーキやサラダ、旬の魚介のマリネをテーブルに並べて去っていく。

彼は食事に手を付けることなく、ひと呼吸おいて私の出方を見ているようだ。

別れ話だけは避けたくて、なんとか彼の機嫌が戻らないかと言葉を探す。

もっと前向きな話ができると思っていたのに……。

「私たちの関係を誰にも言えないのだって、本当は心苦しいです。雅哉さんと別れるなんて考えたこともありません。私は雅哉さんと未来のある関係でいたいって、ずっと思ってるんです」

「じゃあ、答えは出てるだろ。グチャグチャ難しく考えないで、俺のことを信じる、それに尽きるんじゃないか？」

強く言い切られてしまったら、それ以上の反論はできず彼を見つめる。

雅哉さんは面倒そうにため息をついて、おもむろに口を開いた。

「ずっと言ってるだろ？　俺を信じてついてきてくれたらいいって」

「……はい」

「花澄は本当に手がかかるな。まぁ、その分俺に染まってくれてかわいいんだけど」

ゆっくりと食事を終えると、すでに二十二時になる頃だった。明日は金曜だから、そろそろ帰らなくてはいけない。

「大丈夫か？」

「……平気です。家に帰るくらいにはなんとか」

そう返事はしたものの足元は覚束なく、気を抜くとまっすぐ立っていられない。彼が勧めてくれたアイスティーのようなカクテルが飲みやすくて、気付かないうちに酔いが回ってしまったんだと思う。カクテルの名前、なんて言ったかな……。

「こんな状態で帰すのは心配だな」

私の背に手を添えた彼が、ぽつりと呟《つぶや》いた。

上昇してきたエレベーターに乗り込むと、彼は迷わず客室階のボタンを選んだ。

「雅哉さんは泊まっていくんですか?」

「……お前も一緒にな」

「明日もあるので、私は帰ります。雅哉さんはゆっくりしてください」

「なに言ってんだよ。久しぶりなんだから付き合え」

強引な彼の誘いを断れず、ただ頷いてキスに応じた。

彼を信じていいと言われて、少しは気持ちが救われたのに、部屋に入るなり服を剥がすように脱がされ、強引にベッドに押し倒されて少し怖くなった。

せめてシャワーを浴びたいと言っても許されず、獣のような目つきで私を縛りつけた彼は、思いのままに何度も私を貫いて恍惚《こうこつ》としていて……求めてくる彼の瞳は、私望の欠片《かけら》だった。

彼の心が自分に向けられているのか確かめたかったのに、彼が返してくれたのは欲
「俺もだよ。お前の身体は本当に相性がいい」

「雅哉さん、愛してる」

を見ていないような気がして寂しい。

翌日、早朝にホテルを出て自分の家に帰宅し、急いで身支度を整えて出社したせい
で、とても慌ただしかった。
【再来週の土曜も楽しみにしていますね】
【俺も。車出すからどこかに行こう。行先はまた追って連絡する】
出社後ひと息ついたところで、デスクでこっそり雅哉さんにメッセージを送れば、
すぐに返事をくれた。
でも、昨夜の彼を思い出すと、手放しでは喜べない。
あんなに身体だけを求められたのは初めてだった。雅哉さんを信じたくて会ったは
ずなのに、本当に彼の心にいるのが私なのか……余計に自信がなくなってしまった。

仕事も滞りなくはかどり、十八時には社を出ることができた。

六月目前の空は、ほんの少し梅雨の気配がする。

「上遠野様、お疲れ様です」

「九条さん⁉」

横断歩道で赤信号を待つ私の前に、またしても九条さんが現れて驚いた。

「本日、これからのご予定はいかがされていますか？」

「帰ろうとしていたところですけど……」

「そうですか。それでは、どうぞお乗りになってください」

九条さんにエスコートされて、黒のセダンの後部座席に乗ると、彼は運転席へ回って車を出した。

「あの、永井さんは」

「社におります。本日は少々業務が立て込んでおりますので、先に上遠野様をお迎えに上がるようにと」

「……お気遣いはありがたいのですが、帰宅するくらいは自分で」

「永井の指示ですので。それにおふたりがお住まいになっているマンションではなく、これから弊社に向かいます」

「えっ⁉」

冷静にハンドルをさばく九条さんは、バックミラー越しに私を見る。

「理由は、永井にお聞きください。私はあくまでも指示を受けたまでですので」

「……はい」

アプリのメッセージ機能で永井さんと連絡を取ろうと思ったけれど、業務が立て込んでいると言われたのを思い出してやめた。

しばらくすると車が減速して、ビルの一角に設けられている地下へと下っていく。すぐに外の景色は遮断されて、無機質なコンクリートの空間にやってきた。

「客人をお迎えに上がった際は、本来正面入口を使うのですが、上遠野様は特別な方と伺っておりますので、こちらで失礼いたします」

九条さんは後部座席の外からドアを開け、私を降ろしてくれた。

「私なんかが特別なはずはないと思いますが……」

「いいえ、永井がそう申しておりました。お忘れ物はございませんか？」

問いかけに頷くと、九条さんは私の前を行き、一緒にエレベーターに乗り込んだ。

四十五階のボタンが押された箱の中、私は無言で操作盤の前にいる九条さんの背中を見つめる。

「お帰りになる際は、永井から私に連絡が入るようになっておりますので、上遠野様はどうぞゆっくりされてください」

「ありがとうございます……」

到着して降りると、九条さんは純白の通路を進み、中央に設けられた大きなドアの前に立った。ドア枠の隣には、社長室であることを示す【President's Office】の表札がある。

初めてやってきた永井ホールディングスの社屋に、視線の置きどころが見つけられない。緊張から思わず肩に力が入ってしまい、意識して深呼吸した。

「九条です。失礼いたします」

ノックの後、ゆっくり開けられたドアの隙間から、室内の様子が少しずつ明らかになる。

磨きのかかった黒い床は大理石だろうか。足を踏み入れた九条さんの靴の音が心地よく鳴る。モノトーンで揃えられた室内に、たくさんの書物が並んだ背の低いラックが壁際に据えられていて、明かりを灯し始めた街の景色を背に、デスクに向き合う永井さんがいた。

「電話中のようですので、上遠野様はあちらのソファに座ってお待ちください。お飲み物は後ほどお持ちします」

「ありがとうございます」

重厚なドアが音もなく閉じられ、ハイバックチェアに座っている永井さんとふたりきりになってしまった。

デスクトップパソコンの画面と広げた資料を見比べて通話している彼は、とても真剣な面持ちだ。傍らにはノートパソコンと通知で光っている携帯がある。

九条さんに言われた通り、応接セットのソファにバッグだけは置かせてもらったけれど、ゆっくりと座って待つことすら気を使うほど、彼は忙しそうだ。

こんな時くらい、私のことなんて放っておいてくれてよかったのにな。

「――あとは海外チームからの報告を待ちます。今後も進捗を都度教えてください。次回の会議は……そうですね、ではそのように頼みます」

通話を終えた彼はすかさず資料に赤ペンを走らせ、パソコンで作業を済ませると、背もたれに大きく寄りかかった。

「花澄」

「っ……はい⁉」

突然名前を呼び捨てにされて、条件反射で思わず返事をしてしまった。

「って、今日から呼ぶから」

「……どうぞ」

姿勢を戻した彼は、私を手招きして呼び寄せる。

私はほんの少しだけ間をおいてから歩みを進め、社長の貫禄を感じる広いデスクの向かい側に立った。

「そこじゃなくて、こっち」

彼が示すのは、デスクの向こう。ぐるりと迂回《うかい》して椅子に座る彼の隣に立つと、不意に抱き上げられて、彼の膝の上に乗せられてしまった。

「永井さん⁉」

「なに？」

「下ろしてください」

とはいえ、私の腰を抱いている腕が離されたら、床に尻もちをつくかもしれない。たいして高さはないけれど、とても堅そうな大理石の床に落ちれば、確実に痛みを味わうだろう。

「あの……お仕事、お疲れ様です」

「ありがとう。花澄も、お疲れ」

無言に耐えられなくて労いの言葉をかけたら、間近で微笑み返されて息をのんだ。

凛々《りり》しく働いている姿を初めて見たからか、緊張に似た速さで鼓動が鳴る。

目尻を下げ、皺を寄せた彼の表情はとても柔らかく、目が合うと胸の奥が大きく跳ねるような感覚を覚えた。

「昨日、楽しかった？」

「はい」

「即答か、参ったなぁ」

本当は、心から楽しいとは言えなかった。このところ、雅哉さんの態度が大きく変わってしまったように思えるし、一夜を共にしたのに愛情を感じられなかったから。

だからといって、永井さんにそれを言う必要はないだろう。

「わっ‼」

考えごとをしていたら体勢を崩してしまって、思わず彼の首に両手を回してしまった。

「大丈夫？」

「ご、ごめんなさいっ‼」

「――失礼いたします。……コホン」

タイミング悪く入ってきた九条さんは、ティーポットを載せた銀盆を応接のテーブルに置くと、なにも言わずに咳払いだけして下がってしまった。

「……勘違いされましたよね、すみません」

「構わないよ。俺としては願ったり叶ったり」

首に掴まったままの私を見つめて、彼は空いている手で髪を撫でてくる。

「昨日帰ってこなかったから心配だったよ」

至近距離で微笑まれて、言葉なく視線を逸らす。

心配していたなんて言われたら、雅哉さんのせいでできてしまった心の隙間から、永井さんの優しさがさらに染みてくるようだ。

彼は両腕でしっかりと私の腰を抱き、顔を近づけてくる。

「……お泊まりするなんて、悪い子」

耳元で囁《ささや》かれ、背中から独特な熱が駆け上がってくる。その声色は、色気を纏っていて、なんだか恥ずかしくなってしまうほど。

「っ⁉」

不意に耳にキスをされて、彼の唇が触れたところが焼けるように熱を持ち始めた。

驚いて振り返ると、永井さんは私をまじまじと見つめてくる。

「……唇にしていいってこと？」

「だ、ダメですっ！　違います！」

慌てて片手で自分の唇を覆い、小刻みに首を振った。

「ホント、こんなにかわいいのに……」

「なんですか？」

彼の呟き声が小さくて聞き返したけれど、永井さんは笑顔の影に隠してしまった。

「あの、お仕事しなくていいんですか？」

「終わったよ。あとは海外とのやり取りだから、明日の朝じゃないとね」

私を膝から下ろすと、彼はデスクの傍らに備え付けられている電話で九条さんに連絡を入れた。五分も経たずに九条さんはやってきて、社長室の戸締りを確認してから、社用車でマンションへ向かった。


帰宅すると、永井さんはいつもと変わらぬ様子でソファで寛いでいる。

今までは、大企業のCEOがどれほど多忙なのかを想像するだけに留まっていたけれど、その一端を見たら、目まぐるしい日々を送っているのが分かった。

「そういえば、今日はどうしてわざわざ会社に呼んでくれたんですか？」

「少しでも花澄を独占するため」

いつでも優しさに溢れた微笑みをくれる彼に、胸の奥が疼く。

「毎日忙しくされているのに、こうして私と過ごす時間を考えていてくださるのは、とても嬉しいです。でも、無理はしないでくださいね」

キッチンに立ち、作り置きの常備菜を温め直しながら味噌汁を作っていると、彼はソファから腰を上げた。

「きゃっ!!」

後ろにやってきた彼に身体を隙間なく包み込まれ、驚きが声に出てしまった。

「昨日、楽しかったみたいでよかった。小泉先輩のことだから、きっと素敵な夜を過ごしたんだろうね」

「……はい」

「心の底から羨ましいよ」

どちらからともなく身体を離し、視線を合わせるだけの距離を保つと、彼は途端に表情を崩して微笑んだ。

「今週の土日は、俺とデートしてくれませんか?」

さすがにそれは気が引けてしまう。サンプリングマリッジで生活を共にしているとはいえ、私には雅哉さんという恋人がいるわけで……。

「無理は言わないけど、もっと俺を知ってほしい」

不意をついて想いを告げられると、戸惑いが隠せなくなる。

「小泉先輩のことが気にかかるなら、俺から言っておくよ。そもそも同棲を許すくらいだし、俺が相手ならなにも言わないと思うけどね。それくらいの信頼は得てるから」

それは、仕事上の利害関係があるから？　大学の先輩と後輩とはいえ、ふたりはそんなに親しい間柄なの？

私が聞き返す間もなく、「先にシャワーを浴びてくる」と言い残して、彼はリビングを出ていった。


自室のベッドに腰かけて、サンプリングマリッジのアプリを起動し、日記をつける。仕事の後に九条さんが迎えに来てくれて、初めて働いている永井さんを見られて嬉しかったこと、今週末はデートをすることになったことを残し、アプリを閉じた。

携帯画面の片隅に表示されている時計は、二十二時を少し過ぎた頃。昨夜、品川のホテルで雅哉さんと愛し合ってから二十四時間も経っていないことに気付き、数日前のことのように思い出しているのが不思議に感じた。

荒々しく欲望をぶつけられ、『愛してる』と言ったのに、『身体の相性がいい』と返されて違和感がつきまとったまま。

今まで聞かされたことのない彼の言葉の真意を、ずっと考えてしまう。

それほどに、昨夜の雅哉さんは知らない男性のようで、少し怖かった。

翌朝、ふと目が覚めて、いつの間にか寝てしまっていたと気付く。なにもかけずにベッドで横になっていたからだ。

携帯で時間を確認すると、まだ七時半だった。せっかくの土曜だけど、もう少しだけゆっくりしたくて、タオルケットに潜って再びまぶたを下ろした。

「――おはよう」

どのくらい眠っていたのか分からないけれど、気配を感じて目を覚ますと、ベッドサイドで永井さんが微笑んでいた。

「っ!! おはよう、ございます……」

寝顔を見られていたと気付いて恥ずかしくなった私は、すかさずタオルケットを引き上げて顔の半分を隠した。

「今日はなんの日だっけ？」

「なんの日……あっ、デート‼　すみません、急いで支度します」

「大丈夫だよ、まだ十時だし」

　時間を聞いてさらに慌てた私は、謝りながらも永井さんを部屋から押し出して、身支度を整えた。

「お待たせしてすみません」

　リビングに顔を覗かせると、裾をロールアップした白のデニムと、グレーのTシャツを着た彼が、いつものようにソファに座ってタブレットを見ていた。

「よし、行こうか」

　そう言うと、彼は財布と携帯を持ってソファから立ち上がり、玄関へ向かう。

　私も彼の後ろを歩きつつ、メイクも服選びも寝坊しなかったら時間をかけられたのに……と後悔した。せっかくのデートのお誘いなら、彼の隣に並んでも気後れしないようにお洒落をしたかった。

　永井さんは革のモカシンを履き、私が靴を履くのを待ってから玄関を出て、ドアを施錠した。

「どこに行くんですか？」

「近場だよ」

不思議そうに彼を見ても、それ以上のヒントはもらえず、エレベーターで地下まで下りて駐車場を歩く。

整然と停められているのは、どれもこれも超がつく高級車ばかりだ。このマンションには、永井さんのような成功者が多く住んでいるのだろう。

遠隔操作でロックが解錠され、車のウインカーが三回瞬いた。秘書の九条さんが運転する社用車には乗せてもらったけれど、永井さんの運転は初めてだ。

「どうぞ」

「ありがとうございます」

出会った日に見た真っ白なセダンの助手席に私をエスコートすると、彼はゆっくりドアを閉めてから運転席へ乗り込み、静かに車を出した。

「永井さんが運転してるのって、なんか新鮮です」

「俺、ドライブが好きだから、休日はよく自分で運転してるんだよ」

マンション前の通りに出ると、梅雨前の空から日が差していて、青々とした葉が風で揺れている。

十分ほどすると、オーガニック食材も取り扱っているスーパーに着いた。

「食べ物を買いに来たんですか?」

「そうそう。インドアデートはどうかなと思って。一緒に料理して、色々話してゆっくりしない？」

一緒に料理をするのは楽しそうだけど、永井さんはドライブが好きだと言っていたから、本当はどこかに出かけたいと思っているかもしれない。気を使わせてしまって申し訳ない気持ちになる。

「どこかに出かけなくていいんですか？　こんなにいい天気なのに」

「今日は街に出るより、家でのんびりしたい気分なんだ。花澄がどこかに行きたいなら連れていくけど」

首を横に振ると、彼は優しい微笑みを返し、私の背中にそっと手を添えて店内に入った。

カゴを載せたカートを彼が押して歩けば、他の女性客がを見て頬を染めている。なにを食べたいか話しながら食材を選んでいると、本当に付き合っているような感覚になるから不思議だった。

帰宅して、キッチンに並んで立つ。スーパーで決めたメニューは冷製パスタと夏野菜のトマトスープだ。蒸し暑い昼間に食べるにはちょうどいい。

私が包丁を持ってトマトを切っていると、隣で永井さんがソースを作り始めた。バジルを細かく刻み、調味料を目分量で合わせている姿はまるでシェフのよう。

「日頃、料理するんですか？」

「起業する前、料理人になりたいと思ってたんだ」

「そうなんですか⁉」

道理で様になるわけだ……まさか料理人を目指していたなんて思わなかったけど。

「一応、調理師の専門学校にも通ったりしたんだよ」

「どうして諦めたんですか？」

学校にまで通ったのに、なぜ経営の道を選んだんだろう。

サラダ用に千切っていたサニーレタスを持ったまま、隣の彼を見上げた。

「……あははは！　本当に花澄って純粋っていうか、人を疑わないというか」

「え？」

「今の、全部冗談だよ。料理人になりたいと思ったことも学校に通ったこともない」

危うく信じかけていた私はムッとした視線を向けたのに、彼が返してきたのは屈託のない笑顔で、つられて笑ってしまった。

不意に、雅哉さんと過ごしてきた二年間に、こんなに平和で温かな時間はなかったと思い出す。いつも機嫌を損ねないように気を使っていたし、誰にも言えない関係だから、疑問に思ったりしたことも自分で解決しようとしてきた。それに、彼が絶対に正しいと思えていたから言うことに従ってきた。

だけど、永井さんは肩書を意識させないほどフランクだ。私には手の届かないくらいの成功者なのに、一緒にいると自然と笑顔を引き出されるし、以前から知っていたような親近感を感じさせてくれる。友達と過ごすように肩の力を抜いていられるのは、彼の人柄のよさを感じているからだ。

なによりも、私といて彼が心から楽しそうに笑ってくれるのが嬉しいと思った。

食事をして片付けまで済ませてから、リビングのソファに彼と並んで座る。大きな窓からは遮るもののない青空が見えて、とても気持ちいい。

彼がリモコンを操作すると、テレビ横の壁に真っ白なスクリーンが下りてきて、海外アーティストのライブ映像が映し出された。

「花澄は、今まで何人くらい付き合った？」

突然の質問に戸惑いつつ、数える必要のない真実を告げる。

「……ひとりです」

「小泉先輩だけ？」

恥ずかしくて、隣にいる彼と目を合わせられず、小さく頷いて答えた。

二十八歳にもなってひとりしか付き合った経験がないなんて、友人に話しても驚かれるくらいだ。経験の少なさが悪いことだとは思わないけど、やっぱり周りと比べられるのは嫌なもの。

「永井さんは、たくさんいそうですね」

「よく言われる。でも、ちゃんとした彼女は三人だけ」

「ちゃんとって、どういう意味ですか？」

「……若気の至りもあったからね。ご想像にお任せします」

永井さんは間違いなくモテるだろうから、経験は豊富なはず。彼女として扱われていない過去の女性たちは、身体の関係だけ……ってこと、だよね？

想像がついた私は、思わず半身ほど距離を置いて座り直した。

「襲ったりしないから安心して。それに、花澄を悲しませるようなことはしないよ」

「本当に？」

力強く頷いた彼に警戒心を解いた私は、距離を保ったままで再びスクリーンの映像に見入る。

経験の少なさを知った永井さんの目に、私はどう映っているんだろう。たったひとりしか知らない上、その相手である雅哉さんにサンプリングマリッジを頼まれているなんて、幸せな恋愛をしているとは思われなさそうだ。

「俺もね、過去にひとりだけ特別に好きだった人がいる。でも、お互いの夢や目標のために別れを選んだんだ。今はいい関係だし、お互いに幸せだから後悔はないけどね」

過去を打ち明けてくれた永井さんの横顔は、どこか懐かしんでいるように見えた。

昨夜、デートに誘われた時に『もっと俺を知ってほしい』と言っていた通り、包み隠さず話してくれそうで、誠実さを感じる。

雅哉さんは、自分の過去をあまり語りたがらない人だ。彼が私に出会うまで、どんな人に囲まれて、どんな人と恋をしてきたのかを、私は知らない。

食事をしながらそんな話題を振っても、はぐらかされることが多かった。『過去よりもお前との未来の時間を考えている方が幸せな気持ちになれる』と言われて嬉しかったけれど、今思えば深く詮索されたくなかったのかもしれない……。

「そういえば、雅哉さんに連絡はしていただけたんですか？」

「もちろんしてあるよ。先輩からは、〝ご丁寧にありがとう〟ってだけ返事が来てる。……ほら」

永井さんはプライベート用の携帯をあっさり私に手渡し、雅哉さんとやり取りをした画面を見せてくれた。

「花澄には、なにも連絡ないの？」

彼からはまったく音沙汰がない。せめて〝永井さんから聞いた〟とだけでも連絡をしてくれたら、私の気持ちも少しは軽くなるのにな。

彼の薄情さを感じた私は無理やり口角を上げて、永井さんに微笑み返すだけだった。

日々暮らしているこの部屋にいるだけなのに、永井さんといると心穏やかな時間が過ぎていく。

この週末、雅哉さんはなにをしているんだろう。相変わらず、仕事や付き合いで忙しくしているのかな。

キッチンでコーヒーを淹れ直してきた彼が再び隣に座ると、おもむろにソファの背に沿って腕を伸ばしてきた。まるで肩を抱き寄せられているようで、思わずドキッとして意識してしまう。

「今、小泉先輩のこと考えてたでしょ？」

「っ!?」

言い当てられて動揺していると、ソファの背に伸ばされていたその腕で、本当に抱き寄せられてしまった。

「今日は俺とデートしてるんだから、俺のことだけ見てなよ」

永井さんが私の額にキスをひとつ落としてきて、たちまち顔が赤くなっていくのを感じる。

「俺だって妬いたりするんだよ。触れられるほど近くにいるのに、なかなか手に入らないから必死になる」

永井さんの告白はいつも不意で、その言葉はストレートだ。雅哉さんが作った心の隙間にいとも簡単に入り込んできて……すごく困る。

「……そんなに、小泉先輩が好き?」

「はい」

間髪を容れずに答えた私を解放すると、彼はまっすぐで優しい眼差しを向けてきた。

何度聞かれても、二年間大切にしてきた気持ちは簡単に変えられないし、永井さんの真摯な想いに見合う答えは、まだ見つけられない。

「俺は、それ以上に花澄を想ってる。絶対に俺が幸せにするって決めたから」

永井さんの揺らがない想いと優しさに、時折魔が差して甘えたくなってしまう。

今、雅哉さんを心から信用しているかと聞かれたら、すぐに頷く自信はない。サンプリングマリッジを始めてからというもの、雅哉さんの心が離れていくような気がしているから。

「さてと、じゃあ次は花澄のこと、なにか話して」

空気を入れ替えるように、永井さんが明るい声色で話題を変えた。

「なにを話したらいいですか？」

「そうだなぁ。どうして旅行業界に就職したの？」

彼がスクリーンで流れていたライブ映像を一時停止して、リビングに静けさが生まれた。

「ATSを選んだのは、最大手で歴史のある企業だったたっていうのもありますけど……って、なんか面接されてるみたいですね」

「あはは、本当だ」

揃って笑顔になるだけで、部屋の空気が途端に解れていく。

「幼い頃、家族で石垣島《いしがきじま》と屋久島《やくしま》に行ったんです。同じ国なのに別世界に来たような感じがして……旅行にはいつまでも未来に残せる思い出も感動も詰まっているし、もしかしたら人生が変わるような経験もできるのが魅力だと思ったので、この業界を選んだんです」

それで?と、続きを促す彼の視線に、私は再び話し出す。

「実際入社したら楽しいことばかりじゃないですけど、苦労して商品になったものが売れると嬉しいし、時々お客様から喜びの声をもらえた時に、この仕事に就いてよかったと思うんです。やっぱり、誰かを笑顔にできるのは素敵だなぁって」

「そうだね」

彼の真剣な眼差しはCEOそのもの。私が話し終わっても背筋を伸ばしたままでいると、彼は表情を崩した。

「新卒面談みたいだったね、本当」

「永井さんは、どうして起業しようと思ったんですか?……って、聞いていいのかな」

「いいよ。俺のことなら、なんでも話す」

永井さんはコーヒーをひと口飲んでから、私に向き直った。

「俺は、学生時代から雇用されて働くことに魅力を感じてなかったんだ。入社してこんなはずじゃなかったとか、会社のルールに縛られて時間を費やすのが嫌だと思ってね。周りが就活している間も、自分のやりたい仕事を探したり、起業のノウハウを勉強してばかりいたんだ」

　頷いて話を聞く私に、彼は弧を描いた唇で笑みを作り、話を続ける。

「ブライダル業界は、誰もが意識する〝結婚〟っていうものに直接携わるだろう？　人生の大切な瞬間っていくつかあって、そのひとつに彩りを添えられる幸せな仕事だと思ったんだ。花澄が言った通り、人を笑顔にする仕事っていいなぁって、俺もそう思ったんだよ」

「素敵ですよね、結婚式……」

「花澄は結婚したいんだもんな」

　笑顔で呟けば、永井さんは切なそうに微笑んだ。

「……ダメですかね、やっぱり」

「なにが？」

　永井さんの表情を見て、しゅんとする。

「結婚願望が強すぎる女性は重たいって言うじゃないですか」

「あぁ……」

　私が少し落ち込んだ理由を聞いて、彼は納得したような反応をした。

「そんなことないと思うよ。花澄みたいに結婚願望のある人がいてくれないと、俺の仕事も成り立たないし」

「…………」

経営者としての返事が来るとは思わなかったな……。『結婚はいいものだと思うよ』って、ごく普通の返事で十分だったのに。

少しだけ唇を突き出してムッとすると、永井さんに人差し指で触れられて、目を見開いた。

「そういうかわいい顔しないの」

「だって……やっぱり重たいから、かわすような答えを返されたのかなって」

一瞬だけ触れられた感触に動揺しながら本音を漏らすも、それ以上は言い淀む。すると、彼は穏やかな瞳で見つめ返してきた。

「違うよ。花澄が小泉先輩との結婚を思い浮かべてたから、俺が妬いただけ」

こんなにも堂々と言われたら、嫌でも意識してしまう。雅哉さんとは違って、他の人を思い浮かべるだけでも妬いてくれる永井さんの想いが嬉しい。

引き寄せられるままに彼の胸に頬を寄せ、包み込まれる優しい温もりに甘えたくなった。

その後、永井さんの社用携帯に連絡が入って、彼は自室に入っていった。一時間ほど経過した頃、夕食をどうするか相談しようと思い、彼の部屋の前に向かった。

ドアが半開になっている室内からは会話が漏れ聞こえてきて、永井さんの声に足音を忍ばせてしまう。

「――過去は過去だろ？　俺たちのこれからのことを考えたら、お互いのためにちゃんとしたいんだ」

過去とこれからをお互いのために……。

彼が〝俺たち〟と括ったその相手が誰なのか考えると、今日打ち明けられた過去の話を思い出した。

「――気にかけてくれるのはありがたいけど、七瀬《なせ》が心配するようなことはないから。だから、会ってくれないか？」

彼が今話している〝七瀬さん〟が、彼の特別に好きだった過去の恋人なのかな。

お互いに今は幸せで後悔はないって言っていたけど、交流が続いていると知って、心が揺れ出す。

私は再び足音を忍ばせて自室に入り、膝をかかえてベッドに座った。

サンプリングマリッジを私としていると知って、彼女は永井さんを気にかけているのだろうか。

聞くつもりのなかった会話と現実を結びつければ、永井さんも未だに想いを燻《くすぶ》らせているのかもしれないと思えてきた。

一緒に過ごす時間を重ねるたびに、彼の魅力を知ってしまって、もっと興味を持つようになって。

永井さんの想いに見合う答えはまだ返せずにいるけれど、私だけを見てくれているわけじゃないと思うと、心が波立った。

守りたい人

「お疲れ様です、上遠野様」

金曜、十九時。

社屋の正面入口前に立っている九条さんに声をかけられ、私は駆け寄った。

「九条さん‼」

「お迎えに上がりました」

「……永井さんですか？」

「はい」

永井さんはどうしていつも連絡なく迎えをよこすんだろう。

でも、私がここで断れば九条さんが困るだろうと思い、傍らに停められていた黒のセダンの後部座席に座って、静かに走り出した車に身を任せた。

「永井より、本日も社の方へお連れするよう言われておりますので、ご帰宅が後になってしまいますが、ご都合はよろしいでしょうか」

「予定があると言っても、引き返してくれないんですよね？」

「申し訳ありません。指示がありますので」

こうして迎えに来る永井さんの意図は、未だに分からない。

「九条さんは、いつから永井さんの秘書をされているんですか？」

「社長が起業された頃から、ずっとお世話になっております」

「……七瀬さんという方はご存知ですか？」

こうして私を迎えに来るくらいだ。もし、七瀬さんが永井さんの過去の大切な女性だったなら、同じようにしていたかもしれない。

「ええ、存じ上げております。ですが、これ以上は私の口から申し上げることはできません」

「分かりました」

きっとそうだ。この前話していた七瀬さんは、永井さんの大切な人で……。

だからこそ、九条さんも彼女の存在を知っているのだろう。


「いらっしゃい」

永井ホールディングスの社長室を訪れるのは二度目。

シンプルで気品溢《あふ》れる室内の奥で、永井さんはハイバックチェアに座っている。

「九条さんが大変なので、こういったことはしないでください」

顔を合わせるなり、労いの言葉もなく言うと、スーツベスト姿の彼は両肘をデスクについた。

「九条にとっては、これも仕事のうち。嫌なら、とっくに辞めていると思うよ」

「じゃあ、私は？　一日働いて、残業もして疲れていて、すぐにでも帰りたいのに」

アプリのメッセージ機能で、帰宅できそうな時間と夕食の有無など、同棲している上で必要なやり取りをするのは理解できるけど、九条さんを退社時間に合わせてよこされても困る。

「どうしても花澄に会いたい、俺の気持ちを考えてくれたことはある？　離れている間、どれだけ俺のことを思い出した？」

勢い混じりで言い返した私は、無意識に拳にしていた片手を解いた。

どうして、そんなに私を想ってくれるの？　私には雅哉さんがいるし、永井さんも七瀬さんがいるんでしょ？　それに、離れている間といっても、帰れば会えるのに……。

「……他の女性にも、同じように優しくしてませんか？」

永井さんは少し不思議そうに首を傾げた後、思い当たる目星がついたのか、穏やかな微笑みを戻した。

「この前、俺が部屋で話していたのを聞いて、妬いてるの？」

「っ、違います‼」

とっさに否定したけれど、本当は少し気がかりだ。ふたりがどんな関係なのか気になっていたから、九条さんに七瀬さんの存在を確認してしまったし……。

「この前、お夕飯をどうするか話しかけようとしたら、偶然聞こえてしまって……ごめんなさい」

「そう」とにこやかに返す彼と、気まずくて目が合わせられない。

「……嫌ですよね、知られたくないこともあるはずだし」

「俺のことなら、なんでも話すって言ったでしょ？　隠すようなことはなにひとつないし、彼女にもいずれ会わせたいと思ってる。それに、花澄が考えているような関係じゃない」

真正面から私を見つめ、堂々と話す永井さんの視線から逃れられなくなった。

でも、彼が七瀬さんのことを口にしただけで、胸の奥がチクッと痛くなる。

「ところで、いつまでつらい恋を続けるつもり？　本当に小泉先輩を信じられるの？」

彼の問いかけには、答えられなかった。

サンプリングマリッジを始めてからというもの、雅哉さんの本性を見せられているようで、以前のように信じることができなくなっているからだ。

来週のデートで、これまで言えなかった不安や疑問をすべてぶつけて、整理のできない想いに決着をつけよう。いつものように彼の言いなりになって流されてはいけない。その結果、別れ話になったとしても、受け入れるだけの覚悟はある。

九条さんの運転で帰宅したのは、二十時半過ぎ。思っていたよりも早く帰れたから、軽く夕食をとって、明日の朝食の下ごしらえもできた。

永井さんは帰りの車中でも帰宅してからも、これといって話してこない。口数が少ない方ではないと思うのに、彼の様子が気になってしまう。

二十二時には寝支度を済ませ、自室で雅哉さんに電話をかけたけれど、呼出音が数回鳴っても応答はなくて、諦めてメッセージを送ることにした。

【来週の土曜の予定は大丈夫ですか?】

送信するとすぐに既読が付き、折り返しの電話がかかってきた。

《ごめん。まだ分からない》

「仕事ですか?」

《業務と出張が立て込んでて、今もまだ社にいるんだよ》
「お疲れ様です」
書類をめくっているような音の後ろで、雅哉さんが好んでいるジャズが小さく聞こえる。気分転換に専務室で音楽を聴きながら仕事をしていたのだと分かると、懸命に働いている彼の姿が浮かぶ。
「……私、雅哉さんに聞きたいことがあるんです」
《なに?》
「顔を見て話したいので、会った時にします」
《……お前、永井社長になにか吹き込まれたか?》
片手間で話しているように気だるげだった彼の声色が急に鋭くなった。それは、彼の機嫌を損ねた時と似た低さで、私は思わず身構えてしまう。
「なにかって、なんですか?」
《なんでもない。気にするな》
雅哉さんは仕事があるからと言って、一方的に電話を切ってしまった。
ベッドに寝転び、タオルケットの中で考えをめぐらす。
〝なにか吹き込まれたか〟と聞いてくるということは、彼にとって都合の悪いことを、永井さんは知っているのだろうか。それは私には隠しておきたいことで……。

ここ最近感じていた雅哉さんへの不信感がさらに強くなってしまう。

「花澄、いい？」

五分ほど経った頃、永井さんがドアの向こうから声をかけてきた。

「……はい」

「ごめん、もう寝るところだった？」

細く開けた隙間から顔を覗かせている彼に、寝転んだままで小さく首を振って答える。

永井さんの穏やかで優しい声色は、落ち込んだ私の気持ちを救うように優しい。

彼はベッドサイドまでやってきて、フローリングに胡坐《あぐら》をかいた。

「どうした？　なにかあった？　俺でよければ、話を聞くよ」

「………」

「もしかして、先輩になにか言われたの？」

永井さんには話せない。雅哉さんが隠していることを彼が知っているかもしれないし、聞くなら雅哉さんからがいい。

「っ!?」

ベッドサイドで膝立ちになった永井さんが見下ろしてくる。

「話してくれないと、なにもしてあげられないでしょ？」

私は想い悩んでいる心模様を隠し、「話したくない」と小さく首を振って答える。

「……花澄は、本当に先輩を信じられるの？」

「…………」

心の奥は目に見えないはずなのに、永井さんは言い当ててくる。

泣くつもりがなくても、勝手に目尻から涙が伝う。泣き顔を見られたくなくて、タオルケットを頭まで引き上げようとしたのに、手を押さえられてしまった。掬われた私の涙が、彼の指先を濡らしていく。

「放っておけないんだよ、花澄のこと」

永井さんは私をまっすぐな視線で見つめながら、そっと抱きしめてきた。

「こうして俺の腕の中に閉じ込めて、他の男に触れさせたくないくらい」

耳元で伝えられた彼の言葉が、切なさを埋めてくれる。真剣な声色は、どれほど私を想ってくれているのかが伝わってくるようだ。

ふと腕の力が緩められて再びお互いを瞳に映すと、彼のやりきれない表情が目に焼きついた。顔の横にあった大きな手が、私の左頬に添えられるだけで胸の奥がドキドキと騒ぎ出す。

「……ごめん。嫌われたくないのに、どうしようもなくキスがしたい」

親指で私の唇に触れ、彼の顔が少し傾いてゆっくりと迫ってきて……。

「っ……ダメです」

そっと額をくっつけてきた彼と、焦点の合わない距離で見つめ合う。射抜くような熱い視線を目前にして、私は身動きが取れなくなった。

「……ダメ、ですからね」

私がもう一度言うと、彼はゆっくりまぶたを閉じてから離れ、切なそうな微笑みを残し、部屋を出ていった。

彼の気持ちを何度告げられても、未だに見合う答えがない。でも、私の中で永井さんの存在が色濃くなっているのは事実だ。

だけど彼と向き合うなら、雅哉さんとの関係を清算してからじゃなければ……。

翌週土曜の夕方。品川駅の港南口《こうなんぐち》にある車寄せで、雅哉さんの到着を待つ。

「お待たせ。乗って」

待ち合わせ時間から七分ほど経った頃、目の前に左ハンドルの高級外車が停まった。

ウィンドウから顔を覗かせた彼に笑みを返し、車の後方を回って助手席に乗り込む。彼の車に乗るのは、サンプリングマリッジをしてから初めてだ。

「今日の花澄の服、俺の好みだよ」

「本当？　よかった」

白シャツにデニムを合わせたシンプルな服装は彼らしい。私も白とネイビーのワンピースを着ていて、雰囲気が似ていると思った。

今までなら、こんな些細な偶然でも彼と気持ちが通じ合っているようで嬉しく感じられたに違いない。だけど今は、彼の言葉が上辺だけのものに聞こえる。

サンプリングマリッジを始めてからというもの、彼がどんどん遠くなるようで、不安で切なくて……。運転中の彼の横顔を見つめるのが好きだったのに、自分の気持ちが微塵《みじん》も動かないことに気付いてしまった。

今日は納得がいくまで彼と話すつもりだ。隠されている心の内を明かしてもらわないと前には進めない。

汐留《しおどめ》にそびえ立つ高層ビルの最上階。

直通のエレベーターは途中で耳鳴りがするほど高速で上昇し、十数秒で到着した。

彼が連れてきてくれた店に入ると、レセプション担当の男性スタッフが出迎え、雅哉さんは名前を告げて予約の確認を取っている。

「小泉様、お待ちしておりました。ご案内いたします」

白基調の店内は、一面窓に囲まれている。私たちはスタッフの後に続いて階段を上り、下階のレストランの上を通っているガラス張りの通路を抜けて、再び階段を上った。

「お前、ここに来たいって言ってたもんなぁ」

地平線まで広がる景色は、確かに感動ものだ。だけど、こんな日に見たくはなかったと思う。

私が感動のあまり歩みを止めていると思ったのか、雅哉さんはいつも見せてくれていた優しい笑みを浮かべ、席へエスコートしてくれた。

案内された窓際の席に向き合って座ると、スタッフがメニューを置いて席を離れた。

東京タワーのふもとまではっきりと見える眺望は迫力があって、ペアシートやバーカウンターにいる他の客たちは、景色に視線を奪われているようだった。

けれど、私はこれからの時間を思うと楽しむ気にはなれない。

「今夜はゆっくりしよう。好きなだけ飲んでいいよ。酔ってもちゃんと送っていく」

「……はい」

次第に夕焼けに染まっていく空は、梅雨時にもかかわらず晴れている。どんなに綺麗な景色を前にしても、彼が甘い言葉で誘ってきたとしても流されないようにしようと、目的を今一度心に決めた。

車の運転がある彼は迷うことなく烏龍茶を、私はグラスシャンパンを頼み、乾杯をした。彼は機嫌がいいようで、食事をオーダーする間でさえなんだか楽しそうだ。

注文した白身魚のムニエルと牛ほほ肉のステーキ、和風シーザーサラダが運ばれてきて、テーブルの上が埋まった。

食事に手をつけつつ、本題を切り出すタイミングを計っていると、向かい側から雅哉さんの視線を感じた。

「花澄は、本当にいい女だな」

「品川で会った時もそうでしたけど、どうして最近そんなに褒めてくれるんですか？サンプリングマリッジを始めるまでは、時々しか言ってくれなかったのに」

「たまに言うから真実味があるんだろ？」

そうは思えなくて、私は頷きもせず言葉をのんだ。

永井さんはことあるごとに褒めてくれたり、想いを伝えてくれるけれど……それが偽りだと感じたことはない。だけど雅哉さんの言葉は薄っぺらく聞こえて——。

「雅哉さんの褒め言葉が口先だけだって、もっと早く気付けばよかった」

彼が食事の手を止め、私の様子を探るような視線を向けてくる。

今日までの二年間、彼の機嫌を取ってばかりいたから、怪訝な顔を見るだけで怯みそうになって、両手が小刻みに震え出した。

「せっかく連れてきたのに、なんだよ、その態度は。言いたいことがあるなら言え」

雅哉さんが眉根に皺を寄せて鋭く言う。

今までなら彼の機嫌を損ねないように取り繕っていただろう。だけど、このまま流されたって、同じことを繰り返すだけ。それに、隠していることがあるなら知りたい。

食事の手を止めてシャンパンをひと口含み、正面に座っている彼を見つめ続ける。

だけど、彼からはそれ以上なにも話す様子がなく、私は意を決した。

「私に言えないような隠しごとがあるなら、別れてください。このままでいいなんて、雅哉さんも思ってないですよね？」

「……なにかと思ったら別れ話か。俺がお前に振られるなんて勘弁してくれよ」

——その瞬間、彼の口調が変わった。

冷めきった瞳で私を一瞥《いちべつ》すると、彼はデニムのポケットに片手を入れ、おもむろに指輪を取り出し、視線を手元から正面に座る私に移した。

「俺は四年前に結婚して家庭円満。二歳になる息子と、もうじき生まれる娘が嫁さんの腹にいる」

「……どういうことですか？」

突然のことに理解が及ばず、取り乱しそうになる自分を抑える。

雅哉さんは、私と二年前から交際を続けてきた。私の今日までの二年間は、これからも彼と一緒にいるためにあったと言っても過言ではない。サンプリングマリッジに参加したのは、他の誰でもない雅哉さんの頼みだったからで――。

「……お前って、本当にトロくてイライラする」

彼の声色が一変し、私はテーブルの上で彷徨《さまよ》わせていた視線を上げた。

「お前を構ってやってたのは、単に身体の相性が最高で、捨てるのが惜しかっただけ。……あまりにも気付かないから、馬鹿な女だと思っていたけど、やっぱりそうだったな」

「……嘘でしょ？　そんなこと……」

隠されていた真実が私の予想を上回っていて……罵られたことよりも、突きつけられた現実に心が痛み、瞬きも忘れた瞳から涙がこぼれ落ちていく。

「嫁さんが育児にかかりきりになった時期に出会えてよかったよ。欲求が溜まった頃に呼び出せば、いつでもお前は喜んで身体を差し出したし、俺の自宅に行きたいって我儘も言わないし。都合がよくて、これ以上ないほどセフレにはぴったりだった」

「……セフレ？」

「愛人には多少なりとも恋愛感情を持つけど、お前には身体しか求めてなかったからな。いい加減、頭の足りないお前でも分かっただろ？」

積み重なる事実に涙が止まらない。理解を超えてしまったら、悪い夢でも見ているんじゃないかと思いたくなる。

――悔しい。

私の目に映ってきた彼が、すべて虚像だったなんて。

こんな最低な人のために、なにもかも尽くしてきたなんて……。

「お前は、これからも俺の都合と機嫌に合わせるのが幸せだろうけど、ぶっちゃけ俺は面倒だと思ってるし、飽きてきた」

「……そろそろお静かに願いたいのですが」

不意に私の右側に現れた影が、雅哉さんの暴言を止めた。

「こんばんは。お食事中に失礼」

ゆっくりと見上げた先にいたのは——永井さんだった。

驚いた私は、彼に会釈を返すのが精いっぱいだ。

だけど彼はいつも通り紳士的で、穏やかに微笑みを浮かべながら、赤ワインが入ったグラスを片手に私の隣に立った。

永井さんの黒タキシード姿はこの店の誰よりも美しく、蝶ネクタイとカマーバンド、胸元のチーフが色を添えている。前髪を上げたヘアスタイルは華やかな出で立ちにぴったりで、彼の凛々しさが際立って見えた。

「小泉先輩の声がこちらの席まで少し聞こえたものですから、ご挨拶を」

「今日はパーティーかなにかですか？」

「ええ、取引先のご子息の結婚披露パーティーがあったんですよ。終わってから、こちらで仲のいい仲間と飲み直していたところで」

永井さんの話を聞いて、華やかな世界に身を置いている彼の日常を垣間見た。タキシードを着ていくような集まりなんて、私にとっては別世界だ。

「そうでしたか。せっかくの休日ですし、どうぞごゆっくり」

彼と話す雅哉さんは柔和な表情を浮かべ、鳳凰堂の専務らしい言葉遣いに変わっている。ついさっきまで私を罵っていた彼は、本当に別人としか思えない。

だけど永井さんは、雅哉さんの言葉には応じようとせず、眼光鋭く彼を見つめ返した。

「……花澄、永井社長にはお引き取り願いなさい」

けん制する雅哉さんと、騎士《ナイト》のように現れて場の空気を変えてくれた永井さん。ふたりの視線に戸惑い、私は俯いてしまった。

永井さんには、どこまで話を聞かれたのだろう。それとも、会話の端々が耳に届いてしまっていただけ？

隣に立つ彼に助けを求めたくなるほど、今にも泣きそうだ。

「申し訳ないが、今夜、あなたから彼女を奪わせていただきます」

「こんな女に価値を見出したとでもおっしゃるんですか？　花澄には、俺が責任もって大人の恋を教えてやろうと……っ!!」

雅哉さんの白いシャツが、ワインの赤に染まっていく。反射的に背けた片頬にも飛《ひ》沫《まつ》がかかり、顎先から滴っている。

視線を移すと、永井さんが手にしているグラスの中は空っぽで、雅哉さんを凌《りょう》駕《が》する剣幕で睨みつけていた。

「お前、永井社長にまで色目を使ったんだな。男をもてあそんで楽しいか？」

見たことのない冷え切った表情と、汚いものを見るような瞳を向けてくる雅哉さんに、私は大きく首を振って否定する。

「ちょうどいい。洗いざらい話してやる。結婚願望のある重たい女とどうやって関係を清算しようか考えているところに、サンプリングマリッジの話が舞い込んだ。お前のことだから、同棲すれば他の誰かとくっついて、俺は自然消滅できると思ってたんだよ。それが、危うくお前みたいな女に振られそうになるとはなぁ」

私が別れ話を持ち出したのがよほど気に入らないようで、彼は場を気にすることなく舌打ちをし、睨みつけてきた。

雅哉さんの本性を知ったショックで、膝に置いている両手がわななく。

「……永井社長もすでにご存知でしょうけど、甘い言葉を吐けばすぐに信じるし、膝を割らせれば恍惚とした表情で欲しがるでしょう？　性格も従順だから扱いは楽だし、身体は本当に最高だと思いませんか？　俺はもう遊び飽きたので、よろしければお好みで調教してやってください。きっと喜びますよ、この手の女は」

「いい加減にしていただけますか」

永井さんの地を這うような低く冷静な声色に、雅哉さんが冷笑を浮かべた。

「殴りたければ、ご遠慮なくどうぞ」

ワインに染まった襟元を自らつまみ上げ、挑発的な態度を取る雅哉さんに、永井さんは睨みつけるだけで手は出さない。それどころか、異変を感じた他の客の視線から私を隠すように、身を盾にして離れずにいてくれる。

「彼女をこれ以上傷つけるようなら、いくらでも受けて立ちます」

「……なんで今日に限って、永井が来てるんだよ。本当タイミングが悪い」

雅哉さんは手元のおしぼりで顔に散ったワインを拭いてから、もう一度舌打ちをした。

煙草を咥えて面倒そうにする彼は、私が愛した人じゃない。こんな人に二年も費やして、尽くして愛を注いできたなんて……。

はらはらとこぼれ落ちていく涙は止められなくて、気付いた永井さんがそっとハンカチを差し出してくれた。

「振られたのは彼女じゃない。こんなに素敵な女性を俺に奪われるあなたの方だ。それだけはどうぞお間違えなく」

永井さんは周りのスタッフと他の客に頭を下げてから、私の手を引いて、その場を後にした。

「もう大丈夫。俺がいるだろ?」

店を出て、エレベーターの到着を待つ間も、永井さんはずっと手を繋いだまま心配そうに私を見つめてくる。彼の温もりは、ひどく傷つけられた私の心まで包むようだ。

「……花澄から、別れ話をしたの?」

「前から、今日話そうって決めてて……」

「そっか」

彼は空いた手でやわやわと髪を撫でて、「頑張ったね」と言ってくれた。

隣に立つ永井さんを見上げると、視線に気付いた彼は首を傾げている。

「………」

無言で見つめていたら、彼は目元を細めて微笑み、慰めるようにもう一度髪を撫でてくれた。

「大丈夫。無理に話そうとしなくてもいいよ」

彼の優しさがじんわりと染みてくるようで、再び涙が頬を伝い落ちた。

それからタクシーで帰宅してすぐ、先にお風呂に入るようにと促された。

ひとりになる時間を作ってくれたのかもしれないと察し、彼の優しさをまた感じながら、眺望のいい浴室でほっと息をつく。

雅哉さんとの別れ方は散々だった。でも、心は軽く感じる。知りたくなかった事実ではあったけど、もし彼を信じ続けていたら……目も当てられない未来が待っていただろう。

まだ心は痛むけれど、未練なく終止符を打てる。これからは新しい一歩を踏み出し、前に進もう。失恋して涙を流した分、幸せになれるはずだから。

二十分ほどしてからリビングに行くと、永井さんは冷えたビールを用意してくれていた。

「大丈夫?」

「平気です。長湯しちゃいそうになりましたけど」

「ゆっくりしてよかったのに。俺に気を使ったの?」

首を左右に小さく振ると、乾かしたばかりの髪がさらさらと揺れて、シャンプーの匂いがした。

「永井さんは、入らなくていいんですか?」

「もう少ししたら入るよ」

プシュッと音を立ててプルタブが開けられ、私が持っていた缶と交換された。永井さんはそれを開けると、その下部を軽くぶつけて乾杯をしてきた。

彼はタキシードを脱いで装飾品をすべて外し、シャツとスラックス姿になっている。前髪を上げた精悍な表情だけでも見惚れてしまうのに、シャツから胸元が覗くせいで、色気に当てられそうだ。

「……なに?」

「永井さんは、どんな格好をしても素敵ですね」

「それはどうも」

彼は嬉しそうに微笑みを向けると、私の肩にそっと触れてソファへと誘《いざな》う。ひとり分の間を空けて隣に座った彼は、長い脚を組んでからビールを飲み、ソファに背を預けて顎を上げ、天井を仰いだ。

一連の仕草が流れるようで、私は思わず見入ってしまい、逸らそうとした視線が彼の流し目に捕らえられてしまった。

「さっきから、なにか言いたそうだけど」

彼は変わらずに優しい眼差しを向けてくる。その瞳に見つめられるだけで、いつからか胸の奥がきゅんと音を鳴らすようになった。

「……永井さんがいてくれてよかったです」

雅哉さんの秘密を彼は知っていたのかもしれないけれど、私に話してくれなかったことを咎める気はない。どちらにしても別れを選んでいたと思うし、真実を知らないまま一方的に振られずに済んだからだ。

もし今夜、永井さんが居合わせていなかったら、二度と恋愛ができなくなるほど傷ついていただろう。正義感溢れる騎士のように現れ、守ってくれた彼の存在の大きさに改めて気付かされた。

「今夜は、花澄の気が済むまで付き合ってあげる。だから、俺に思う存分甘えて」

「これ以上甘えさせてもらうなんて……さっきも騎士みたいでしたよ?」

「あははは、随分とロマンチックだね。そんなに格好のいいものでもなかったと思うけど」

「笑わないでください。……これでもちょっと、きゅんとしたんですから」

あの時の永井さんは、いつにも増して格好よかった。雅哉さんがあんな態度だったのに手を出すこともなく、終始冷静で……。

彼がいなかったら、もっとひどい修羅場になっていたはず。

「永井さんは、本当に格好いいです」

「そうかな？」

頷きついでにちらりと彼を見遣ると、口元が緩むのを隠そうとして缶ビールを傾ける横顔があった。

今夜知った永井さんの姿は、一生忘れないと思う。普段の穏やかな彼からは想像できないほどの剣幕で立ち向かってくれたことも、周囲の視線から私を遮ってくれたことも……。今、隣で照れ隠しをしているこの瞬間も。

「おかげで、あれ以上の傷を負わずに済みました。本当にありがとうございます」

永井さんがいてくれるから、深い傷を負った夜なのにどことなく落ち着いていられる。俯いて涙をこぼしたり、思い出に縋《すが》ることもない。

「お礼なんて言わなくていいよ」

「そういうわけには……」

「大切な人を守るのが、騎士の務めですから」

ひとり分の距離はそのままに、彼がそっと手を差し出した。私が指先を乗せるとやんわりと包まれ、その温もりに安堵して自然と頬が緩んでしまう。

心の傷が、彼の温もりと微笑みで癒されていくようだった。

彼の過去、揺れる心

雅哉さんと別れて、二週間ほど経った。

謝罪の連絡もなければ、彼が仕事でATSを訪れた時に偶然すれ違っても、目も合わせてこなかった。彼にとって、私との過去はなかったものになっているのかもしれない。二年もの時間は、息を吹きかければどこまでも飛んでいきそうなほど軽いものだったのだろう。

でも、永井さんとの生活は変わらずにある。彼は本当に優しいし、話していると楽しくて、毎日を有意義にしてくれる。それに、彼の帰宅が待ち遠しいと思うようになってきた。

ただ、少し前から永井さんのなにげない言動で心が揺れるようになったのは、私の恋愛経験が極端に少ないせいなのか、それとも恋に落ちたからなのかが分からなくて、未だに彼の想いには返事をできずにいる。

「それでは、今日の出会いに乾杯‼」

金曜の夜、一番仲のいい同僚の美紀《みき》に半ば強引に食事に誘われ、来てみたらいわゆる合コンだった。待ち合わせの場所に男性たちがやってきた時点で帰ろうとしたけれど、美紀に腕をとられてしまい逃げられなかった。

もちろん新しい出会いなんか求めていない。だけど初対面の男性と話せば、少しは今の自分の気持ちが整理できるかもしれないと思って、カラオケ付きの個室ダイニングで乾杯をしたところだ。

見ず知らずの男性三人と私を含めた女子四人。もうひとりの男性は少し遅れてくるらしい。

時間通りに集まった男性陣の肩書は、芸能事務所を経営している人や開業医とそうそうたる顔ぶれだ。

でも、早くも楽しそうに盛り上がっている美紀たちのように、私は上手く馴染めない。なにを話したらいいのか分からないし、お酒だってそんなに強くもないから、周りに合わせてやり過ごせばいいかと諦め半分だ。

永井さんと初めて会った時も、彼が話題を振ってくれたから話せただけだったし……。

「花澄ちゃんって、おっとりしてるよね」

「そんなことないですよ」

男性陣に言われて否定したものの、美紀たちからも肯定されて首を傾げる。

「彼氏いるの?」

「いたら……こういうところには来ないので」

考えてしまうのは永井さんのこと。彼は本当の恋人のように私を大切にしてくれるし、想いを言葉にして伝えてくれる。どれもこれも、サンプリングマリッジの間だけかもしれないけど……。

盛り上げ役の男性がカラオケを始め、みんなの手拍子に合わせる。

やっぱり永井さん以外の人と話してもドキドキしない。初対面の男性に囲まれて緊張するばかりだ。

「すみません、遅くなりました」

始まって三十分ほどした頃、遅れていた男性がやってきた。

案内してきた店員が個室のドアを開け、その後ろから姿を現した男性は、光沢感のあるライトグレーのサマースーツにロイヤルブルーのネクタイという爽やかな出で立ち。美紀たちは慣れた様子で「こんばんは」と挨拶をしているけれど、私は驚きのあまりグラスを落としそうになった。

彼もドアの前で驚いた顔をして足を止めていたけれど、すぐに表情が戻り、美紀の隣に座ってしまって……。

「遅れてすみません。永井と申します」

「彼はなんと、あの永井ホールディングスのＣＥＯです！」

永井さんが紹介されるなり、美紀たちはさらに色めき立つ。

彼と知り合うなんて稀《まれ》だろうし、彼女たちのテンションが上がるのは当然だと思う。でも、この場に慣れない私はついていけず、かといって知り合いだと言っていいものか迷っているうちに、話題は変わっていってしまった。

永井さんは注文したハイボールで乾杯すると、すぐに美紀と打ち解けて楽しそうに話している。私は置いてけぼりを食らってしまい、彼の隣に座っている美紀を羨ましく思って見つめるだけ。彼が美紀に微笑むだけで、とてもつまらない気持ちになった。

「花澄ちゃん、飲んでる？　酒、強いの？」

永井さんが到着して十五分ほど経つと、いくつかのグループに分かれて話すようになっていた。私の隣には、玉田《たまだ》さんという男性が座っている。

「いえ、あまり強くはないんですけど……」

「せっかくの金曜なのに楽しまないと損だよ？　酔っても誰かが面倒みるから安心し

て。はい、これ持って」

ひと休みしていたのに、強引に梅酒サワーのグラスを握らされ、一方的な乾杯が交わされた。

「ATSって、こんなかわいい子ばかりいるの？」

「みんなはお洒落でキラキラしてて、美紀は雑誌の読者モデルもしてるんです。私はあまり目立たないので、そうでもないと思うんですけど」

「俺は花澄ちゃんが一番かわいいと思うなぁ」

「……ありがとうございます」

「もっと自分をアピールしたら？　かわいいのに、もったいないよ」

明るく話しかけてくれる玉田さんは悪い人じゃないと思うけど、圧があって苦手なタイプ。芸能事務所を経営している彼は場を盛り上げるのが得意なようだ。でも、私は少し強引なペースに巻き込まれても上手く話せない。

「ちなみに、この四人の中だったら誰がタイプ？　第一印象でいいから」

「えっと……」

爛々《らんらん》とした瞳に押されてしまいそう。なんとも思ってないのにノリで適当に答えていいものなのか、対応に困ってしまった。

テーブルを挟んだ向かい側では、永井さんが美紀を交えて楽しそうに談笑している。なにを話しているのかと気にしていたら、ふと彼と目が合ってまた鼓動が鳴った。

彼がおもむろに腰を上げて、近づいてくる。右隣にいる玉田さんが「忙しい日に誘って悪かった」と彼に言うと、「気にするなよ、そんなこと」と返して、反対隣に永井さんが座った。

「まさか花澄がいるとは思わなかったよ」

周囲には聞こえないように、そっと耳元で呟かれて頬が熱くなる。

ちゃんと顔を見て話そうとすると、彼が好んでいる軽やかなウッディの香水を微かに感じて、胸の奥がきゅんと疼く。

私の態度が不自然で、関係に気付かれたりしないかな……。

視線を泳がせていると、永井さんが小さく笑って「大丈夫だよ、俺が上手くやるから」と言って落ち着かせてくれた。

「な、永井さん。あの……酔ってますか?」

動揺してありきたりなことしか言えず、ちょっと歯がゆい。美紀みたいに楽しく話したいのに、彼が隣に来ただけで心臓が壊れてしまったように脈を速く刻む。抱きしめられたり、キスをされそうになった時よりも、なんだかドキドキする。

今夜の彼を意識してしまうのは……お酒のせい？

「まだ五杯しか飲んでないから、まったく酔ってないよ。上遠野さんは何杯目？」

「多分、三杯目くらいです」

永井さんは、隣に座ってからもペースを変えずにハイボールを飲んでいるのに、他の男性陣と違って少しも乱れない。それに、あえて私を名字で呼んできたりして、上手く関係を隠してくれている。

私の右隣にいる玉田さんは気分がいいようで、話しかけてくる声が次第に大きくなってきた。

「ねぇ、さっきの質問だけど、どの男がタイプ？」

その質問はなんとか上手くかわせたと思ったのに、不意に話題を戻した彼がしつこく聞いてくる。

「俺がいいって」

困っている私に助け舟を出してくれた永井さんを見ると、口角を少し持ち上げて微笑み返してくれた。私の頬は瞬く間に熱くなって、思わず目を逸らして俯く。

「やっぱ永井にはかなわないなぁ。学生の頃からお前ばっかりモテてたもんな」

「そんなことないだろ。玉田は派手に遊びすぎたんだよ」

わざと悔しそうにする玉田さんと話しながら、彼はソファの背に沿って腕を伸ばし、ごく自然に私を抱き寄せた。

肩の近くに置かれた彼の綺麗な手が視界に入るけど、触れそうで触れてこない絶妙な距離がなんだかじれったかった。

それから一時間半後、ようやくお開きになって帰れると思ったのに、美紀たちの勢いに飲まれて二次会に行くことになった。

玉田さんの案内でやってきたビルの入口でエレベーターを待っている間、ここまで歩いたせいでお酒が回った私はちょっとふらついてしまって……。

「おっと」

「あっ、ごめんなさい」

「いえいえ。大丈夫？」

後ろに立っていた永井さんにぶつかってしまい、見上げながら謝ったら、優しい微笑みが返ってきた。

どの角度から見ても、整った顔立ちに隙はない。毎日のように見ているはずなのに、最近思いがけないタイミングでドキッと胸の奥が跳ねて、コントロールが利かないことがある。

「花澄にしては、酒が進んでたね」

「実は、こういう集まりにあまり来たことがないから緊張しちゃって」

「みんなには秘密で抜け出しちゃおっか？」

耳元に顔を近づけて囁かれ、驚いて見上げる。

「早くふたりきりになりたい」

永井さんの甘い誘いに頷くと同時に、そっと手が繋がれた。

金曜の夜、街は賑やかだ。喧騒に紛れてこっそりいなくなったとしても、仲間は誰ひとりとして気付かない様子だった。

「どこに行くんですか？」

「帰るだけ。同僚の子には俺と飲みに行ったって、明日にでも報告しておいたらいいよ」

乗り込んだタクシーで彼が告げた行先は、間違いなくふたりで暮らすマンションなのに、まるで知らないところに連れていかれるような気分になる。それほど、彼と合コンでばったり会ったのが衝撃的だったし、誰にも気付かれないように私だけを特別扱いしてくれたのが嬉しかったんだと思う。

もう少し、彼のことを知りたいな……。そうじゃないと、この気持ちの答えを出せそうにない。

「私、まだこの生活を続けてもいいですか？」

「いいよ。八月二十日までだけどね」

「………」

それは、つまり八月二十日が来たら、彼との生活は終わるということ。

今、どんな答えを期待していたんだろう。『ずっと隣にいてほしい』って甘い言葉をかけてほしかったのかな……。

彼が優しいから忘れそうになってしまうけど、私たちはあくまでもサンプリングマリッジの企画で一緒にいるだけなのだと再認識させられた。

信号に一度も引っかかることなく大通りを走るタクシーの中、永井さんを見つめていても、彼は窓の外に視線を流している。

でも、繋がれた手はそのままに、ずっと離してくれなかった。

帰宅したら、思っていた以上に酔いが回っていることに気付いた。壁に手をついてピンヒールを脱ごうとした拍子に、体勢が崩れてよろけてしまった。

「まったく、飲みすぎだよ」

「ごめんなさい」

ふわりと横抱きにされて、間近にある彼の綺麗な顎のラインに見入る。思わず指を伸ばして触れたくなったけど、一瞬目が合って、動かしかけていた手を止めた。

彼はリビングに入ってソファに私をそっと下ろしてから、常温のミネラルウォーターをグラスに注いで持ってきてくれた。

「飲んで待ってて」

「ありがとうございます」

渡されたグラスを傾けて、少しずつ水を飲む。

リビングを出ていく彼の背中を見つめていたら、私を軽々と抱き上げた逞しさを思い出して、鼓動が鳴り出した。

「気分悪くなってない？」

「大丈夫です……ご心配おかけしました」

彼を見ただけで、ドキッとするようになったのはどうしてだろう。隣に座って腕時計を外す大きな手や、Ｙシャツの両袖を無造作にまくる仕草、水を飲む横顔と首筋から視線が外せなくなって……。

「なに？」

「こ、今夜は会食って言ってませんでしたっけ？」

聞こうと思っていたことをとっさに口にして場を繋げれど、彼の色気は変わらず隣にあって、胸の奥がきゅんとしたまま戻ってくれない。

「玉田の誘いを今まで何度も断ってたから、さすがに申し訳なくて行っただけだよ」

「合コンに行くくらい、正直に言ってくれていいのに」

「言ったら、少しは妬いてくれるの？　花澄こそ、あんな集まりに行くくらいなら俺を誘ってよ」

もし、彼が合コンに行くと言ってくれていたら、きっと少しは嫌だと思ったかもしれないと気付いてしまって、残りの水を飲み干してごまかす。

「……永井さんはいつも忙しいから気が引けるんです」

「花澄のためなら、いくらでも時間を作るよ」

優しく微笑む彼と目が合っただけでドキドキする。

永井さんの想いが乗せられた言葉は、どれも本当にまっすぐだ。痛いほどにぶつかってきて、私の胸の奥を強く叩く。

「私が行ったのは、知りたいことがあったからで……」

「なにを知りたかったの？」

自分が合コンに行った経緯を話しても仕方ないのに、永井さんが真摯に耳を傾けてくれるから打ち明けたくなる。

「終わった恋のせいにするつもりはないけど、自分の気持ちに自信が持てなくて……他の人と話したら、気持ちに整理がつくかもしれないって思ったんです」

「そっか」

酔った勢いで本音を漏らしても、彼は否定も肯定もしないで聞いてくれる。自分の気持ちすら分からないなんて聞かされたら、きっと困らせてしまうはずなのに……。

「永井さんの気持ちを聞いたまま、ずっと答えを返さずにいるのも嫌だし、申し訳なくて」

「焦らなくていいよ。花澄から返事がもらえるまで、俺はちゃんと待ってるから」

彼は私の背中にそっと手のひらを添えて、様子を見守るような眼差しを向けてくる。

「でも、合コンに行くなら言ってほしかったな。他の誰にも触れさせたくないし、なにかあった時守れないでしょ？」

「…………」

頷いたら酔いが回って、身体が揺れた。

「大丈夫か？　水、もうちょっと飲む？」

「平気です」

「落ち着いたら、お風呂に入っておいで」

大きな手を私の頭の上に置いてから、彼は再びリビングを出ていった。


シャワーを浴びている間も、永井さんのことばかり考えてしまう。

合コンに永井さんが来た瞬間から、一層緊張してドキドキして……乗せられたとはいえ、お酒に頼ったところはある。それに、肩を自然に抱き寄せられた時は、彼に独占されたみたいで……。

今日、もし私があの場にいなかったら、彼はどうしたんだろう。女子メンバーの誰かとふたりで飲みに出たりしたのかな。それともＡＴＳで働いてるって聞いたら、少しは私を気にして、一次会で帰ってくれてた？

美紀たちと楽しそうにしていたのを思い出して、嫉妬のような気持ちが湧き上がってくる。

永井さんを独占したいと思ったのは、今夜が初めてだ。

自室を片付けてから、ファッション誌を手にベッドに座り寛いでいると、ドアがノックされた。

「花澄、入っていい？」

「はい」

永井さんが携帯とミネラルウォーターを持ってやってきた。シャワーを浴びてきた様子で、ダークグレーのTシャツとパイル地のスウェットパンツを着ている。

大きく鳴り出した鼓動を静めたいのに、室内に響いてしまいそうなほどの大音量は収まってくれそうにない。私は思わず膝をかかえて身体を小さくした。

「もうちょっと話したいんだけど、いい？」

彼が隣に座ってきて、さらに鼓動が跳ねる。傍らにあったクッションを抱きかかえ、頷いた勢いでさらに顔を埋めた。

なんでこんなにドキドキしちゃうんだろう。永井さんにだけ反応を示す胸の奥が、きゅんとして苦しい。

「今日、楽しかった？」

「……正直に言うと、玉田さんがちょっと苦手で。悪い人じゃないのは分かるんですけど」

「アイツが聞いたらヘコむだろうなぁ。花澄のこと相当気に入ってたし。それで、花澄は誰がタイプだったの？」

「えっ⁉」

まさか、彼があの質問を蒸し返すなんて思っていなかった。

誰かと聞かれても、玉田さん以外の男性とはほとんど話していないし、永井さんが隣に来てくれてからは、ずっと彼のことばかり気になってしまって……。

「ごめん。無理に答えなくてもいいよ」

今夜のことを思い出していたら、永井さんは私の動揺を察したのか、携帯を操作してアプリで日記をつけ始めてしまった。内容を見てはいけないのがルールだし、自分の日記も知られたくはないから視線を逸らす。

私も彼に背を向けて同じようにアプリを起動させ、今日の出来事や思ったことを綴り始めた。

【慣れない合コンに行ったら、永井さんも参加していてびっくりしたけど、いてくれてホッとした】と残したところで視線を感じて振り向くと、彼は私を見つめていた。

「今日は、なにを書いたのかなと思って」

「秘密です」

「ちょっとくらい教えてよ」

「ダメです！」

彼が笑いながら長い腕を伸ばしてきて、私は携帯を取られないように必死になる。

気付けばふたりとも笑顔でじゃれていて、いつの間にかベッドに横たわっていた。

「花澄の笑顔、すごく好き。かわいくて癒される」

彼の言葉に、心臓が大きく飛び跳ねて鼓動を鳴らす。そして、最近ろくに笑えていなかったと気付かされた。

「さっきの答え、やっぱり聞かせてくれる？」

「っ‼」

永井さんが不意に抱きしめてきて、あっという間に身体が熱くなっていく。

緊張しながらも彼の胸元からゆっくりと顔を上げると、まっすぐな視線が私の心の中を見透かすようで、さらに鼓動が鳴り出した。

「……永井さんが、いいなって……思ってました」

抱きしめられていた腕が緩んで、私をベッドに組み敷いた彼が見下ろしてくる。深く指が絡んで、ふたりの温もりが混じり合った。

「嬉しい」

そう言うと、彼は舞い落ちるように接近してきて、額にキスを落とした。

自然と見開いてしまった私の瞳は、驚きをありありと映す。

次いで頬にもキスをされ、柔らかな唇の感触で緊張が煽られた。

満開の笑顔を見せた彼は、ベッドに転がって私をきつく抱きしめてくる。

「……本当に嬉しい」

同じボディソープの香りを纏っているはずなのに、彼の匂いは特別なものに感じる。逞しい胸元に頬を寄せると、初めて彼の鼓動を耳にした。私と似たその音に、ゆっくりまぶたを下ろす。

永井さんに抱きしめられると、ドキドキするのに落ち着く。ずっとこうしていられたらいいと思えるほど居心地がよくて……。

「花澄、こっち見て」

ゆっくり彼を見上げると、いつの間にか熱を持った瞳に見つめられていた。

「……永井さん、酔ってるの？」

小さくかぶりを振った彼は、麗《うるわ》しい微笑みを浮かべるだけ。他のなににも邪魔をされないふたりきりの部屋の中で、これ以上ないまでに彼の顔が寄せられた。

触れた鼻先で探るような仕草に焦らされる。互いに視線の糸を引き合っているような距離では、息遣いさえ聞こえてきそう。

――今、永井さんはなにを考えているの？

熱くて艶のある瞳に飲み込まれそうで、ゆっくりと瞬きをした瞬間、唇を奪われた。

一度重なった唇は、次第に彼の体温を覚えていく。

妖艶に見つめてくる彼は、私を優しく抱きしめる腕も解くことなく、啄《ついば》むようなキスに終わりを見せない。流されてはいけないと思うのに、少しも強引さを感じない彼の口づけに引き込まれてしまった。

――どれくらい時間が経ったんだろう。

不意に解放されて深く息をつくと、彼は私を見下ろしたまま目尻にくしゃっと皺を寄せて微笑んだ。

離れた温もりに、寂しささえ感じる。それに、こんなキスをされたら意識せずとも瞳が揺れてしまって、戸惑っている心を見透かされそうだ。

「どうしてそんなに名残惜しそうな顔で俺を見るの？」

心の内を言い当てられて恥ずかしい。否定もできず、彼を見つめるのが精いっぱいだ。

諦めたようなため息をつく彼の表情はとても官能的で、支配欲を感じる視線に私の鼓動が急く。

「……せっかくいい人で過ごせそうだったのに」

そう呟いてから、間を置かずに重ねられた彼の唇が上下を食むたびに音がして、恥ずかしくなった私は再びまぶたを下ろした。

サンプリングマリッジを始めてから、永井さんと幾晩も同じ屋根の下で過ごしてきたけれど、こんな夜が来るなんて思わなかった。

出会った当日の印象は最悪で、早くサンプリングマリッジが終わってほしいと願っていた。いちいちひと言多くて角が立つ物言いをしてきたり、デリカシーのなさにイライラさせられて、彼が大企業のＣＥＯをしているなんて信じられなかったのに、翌日からその態度は一変した。

雅哉さんのことが羨ましいと、心の内を明かした彼は日を追うごとに私の心の中で存在を色濃くし、一緒に過ごす時間が待ち遠しいと思うようになった。

この状況が非現実的に感じるのは、彼が私を選ぶなんてどうしても信じられなくて……。

「花澄」

キスの合間に呼びかけられ、くべられた熱でぼんやりとした視界に彼を映す。

「……はい」

「今夜、一緒に眠りたい」

いつの間にか私を見下ろしていた彼を見つめると、永井さんは一瞬照れたような表情をしてから微笑み、それ以上がないと分かるキスを何度も何度も繰り返す。

「花澄と離れたくないんだ」

珍しく彼が甘えているようで、胸の奥がきゅんと鳴った。

「眠るだけ……ですか？」

「キスはするよ。それから、俺の気が済むまで抱きしめる。……いい？」

髪を撫でられ、耳の形に添って指が這い、大きな手のひらで片頬が包まれる。

迷いつつも頷くと、彼は鼻先が触れ合いそうな距離で、もう一度私の意思を確認してからキスをする。そしてベッドに横たわり、私を背後から抱きしめた。

髪や耳に彼の唇が触れるたびにドキドキして、耳の先まで真っ赤になってしまう私を「かわいい」と言う彼は、ちょっと意地悪をするのが好きなようだ。

不意をついてギュッと抱きしめたり、首筋にキスをしてきたり……。

「もうダメですってば！　んっ……」

確かにキスをしたり抱きしめられるとは聞いていたけれど、耳や首筋にまでキスをされたら、思わず上ずった声が出そうで必死で抑える。

「許可は取ったでしょ？」

彼の腕の中で抵抗するも、耳元で甘くて低い声を聞かされて逆効果だ。

「永井さん、前に守ってあげたいって言ってくれましたよね？」

「うん」

「生まれて初めて言われたから、すごく嬉しかったです。だから、今夜も私を困らせるようなことはしないでほしくて」

振り向いて後ろにいる彼を見ると、余裕たっぷりの微笑みが待っていた。

「例えばどんなこと？」

「……今したこと、全部」

「却下。俺の気が済むまでって言っただろ？」

強引に導かれて、私は彼の下腹部に跨《また》がるように乗せられた。

「重たいでしょ？」

「全然」

行き場を失っていた私の左腕が引き寄せられ、そのまま抱きしめられてしまった。

彼の耳元に顔が埋まって、身体いっぱいに彼の匂いが満ちていく。一度胸の奥がきゅんと鳴ったら止められなくなるのに、もっと彼で満たしたくなる。

「ずっとこうしたかったんだ。花澄を奪うって決めたあの時から、抱きしめてキスをしたかった。……花澄は今、どう思ってるの？」

「なんて言うか……ドキドキしてて……」

問いかけに答えたら、背中に回っている腕がそっと解かれて、どちらからともなくわずかに距離を取った。再び見下ろした彼の表情は、心惹かれる色っぽさに満ちている。

「俺に病みつきになって、もっと欲しがれ」

うなじをやんわりと掴んで引き寄せられ、彼の気が済むまでキスがやむことはなかった。

翌朝、リビングのソファで美紀に電話をかけていると、永井さんもコーヒーを淹れて隣に座った。ふたりとも部屋着のまま、彼はのんびりと朝刊に目を通している。

《昨日、あれからどうしたの？　いきなりふたり揃っていなくなったから、みんなびっくりしてたよ》

案の定、美紀に聞かれて、永井さんに言われた言葉を思い出す。

「軽く飲んでから、送ってもらったの」

《いいなぁ。私も永井さんに誘われてみたいなぁ。楽しかった？　ふたりきりになっても紳士でいてくれそうだよね、永井さんって》

「う、うん……そうだね。楽しかったよ」

あれから一緒に暮らしている部屋に帰宅し、何度もキスをして、ひとつのベッドで朝を迎え、穏やかに『おはよう』を言い合うひと時を過ごしたなんて、口が裂けても言えない。それに、永井さんが唇を食べるように重ねてきたから、今朝になってもなんだか火照っている気がする。

《なにもなく送ってくれるあたり、さすがＣＥＯだわ。それで、永井社長の連絡先は聞けた？》

「あ……ううん、聞いてない」

《ちょっと、そこは繋いでよ！　永井さんクラスの人にまた会える確証ないよ⁉》

「ごめんね。玉田さんに聞いてみて」

美紀と終話すると、彼は朝刊を畳んでテーブルに置き、私の肩を引き寄せた。

「嘘つきだなぁ。本当は同棲していて、昨日はキス魔になった俺に抱きしめられながら、ひとつのベッドで寝たって言わなくちゃ」

「言えないですよ、そんなこと……」

　昨夜のキスを思い出したら、またドキドキして、耳の先まで真っ赤になってしまった。

「永井さんみたいに世間の注目を集める人が合コンにいたら、女子はチャンスだと思って意気込んじゃうんですよ。本当のことを言ったら、私が妬まれます」

　永井さんは、どれほど自分が社会的に名が知れていて、整った容姿を持ち、羨望の的になっているのかを自覚していないのかな。

「そういえば、永井さんは昨日いつ眠ったんですか？」

「いつだったかな。抱きしめてる間に花澄が眠っちゃって……ここからってとこだったのに残念だと思って、諦めた後なのは確かだけど」

「……ここからって、どういうことですか!?」

「かわいい寝顔だったから襲いたくなったけど、許可をもらってなかったからやめといたんだよ」

　言い返そうとしたら、今度は彼の携帯が鳴って、リビングを出ていく背を見送る。

　仕事の連絡かもしれない。大企業の社長ともなると、休みが休みではないのだろう。

　十分ほど経ってから戻ってきた彼は、部屋着から外出の装いになっていた。

「出かけるんですか？」

「うん、ちょっと仕事絡みで出る」

「遅くなりますか？」

「いや……分かんないな。連絡するから、教えておいて」

彼は携帯を手にして、プライベートの連絡先を聞いてきた。

今になって交換するのが不思議な気分だ。電話番号とメッセージアプリのＩＤを伝えると、彼は登録を終えてから出かけてしまった。

ひとり残された土曜の昼。サンプリングマリッジを始めた日もこんな時間を過ごしていたと思い出す。

携帯をチェックしていると、メッセージが届いていると通知が出た。

【明日はデートするから空けておいて。それから、今日から俺以外の男のことを考えないように】

まるで、永井さんの彼女になったみたいだ。キスをして一緒に眠ったり、これからは彼のことだけを考えて過ごすように言われるなんて……。

【分かりました。帰る時にまた連絡してくださいね】

でも、永井さんに言われると悪い気はしない。むしろ、嬉しくて頬が緩む。

キッチンに立って、ひとり分のオムレツを作った。食べ終えて片付けてから、夕食のメニューを考える。永井さんが帰ってきても食べられるように、ビーフシチューに決め、早めに作っておくことにした。

それからは、栞《しおり》を挟んでいた新刊のミステリー小説を読み進め、ネットで欲しかったピアスを買ったりしていた。

ふと窓の外に目を向けると、いつの間にやら日が落ちて十九時になろうとしている。ビーフシチューに火を入れて温め、手作りのオニオンドレッシングをかけたサラダをテーブルに並べた。

ひとりきりの食卓は慣れていたはずなのに、永井さんと暮らすようになってからは寂しいと思うようになった。彼はどんな話でも楽しそうに耳を傾けてくれるし、作った食事も褒めてくれる。そんななにげない出来事が積み重なって、思い出になっているから寂しさを感じるんだろう。

携帯を見ても連絡はない。仕事絡みと言っていたから、必要以上に連絡をしたら邪魔をしてしまうかもしれない。

帰りの連絡が入るまで大人しく待てばいいだけなのに、何度も携帯を確認してしまった。

二十一時を回った頃、バスタブに湯を張り、読みかけの本を持ち込んで半身浴をする。昨日のお酒はすっかり抜けたものの、むくんでしまっている脚を揉み解し、ほどよく汗をかいてから出た。

二十三時を過ぎても彼が帰ってくる様子はなく、リビングの明かりを消して自室にこもり、ベッドに入ってぼんやりと天井を見上げる。ワンフロアに一世帯しかない広い部屋はしんと静まり返っていて、ふとため息をついた。

永井さんのことをもっと知りたい。寂しかったり落ち込んでいる時にそばにいてくれたら元気になれそうだし、楽しいことや嬉しいことは彼にも聞いてほしい。それに、昨夜のような時間をまた過ごしてみたい。あやうく日記を見られるところだったけど、あんなに笑ったのは本当に久しぶりだった。

今朝まで彼がいてくれたベッドの半分に、そっと手を伸ばしてみる。

「まだ帰ってこないのかなぁ」

シーツに彼の温もりを求め、使っていた枕に彼の残り香を探してしまう。『一緒に眠りたい』『離れたくない』と言ってくれた彼の存在が、どれほど私にとって大きくなっているかを知った。

【先に寝ます。お仕事、無理はしないでくださいね。おやすみなさい】

おはようと言い合った日の終わりは、ちゃんとおやすみを言いたくてメッセージを送ってから、枕の横に携帯を置いた。

まぶたを下ろそうとしたら、前触れなく携帯が震えて手に取ると、永井さんからの着信にベッドから上体を起こした。

《遅くなっていてごめん。まだ起きてたの?》

彼の声を聞いたら、穏やかだった心音が途端にスピードを上げる。鼓動の音が声に乗ってしまいそうで、無意識に胸に手を当てていた。

「そろそろ寝ようかなって思ったので、連絡しちゃったんですけど……邪魔してごめんなさい」

《邪魔なんかじゃないよ。連絡くれて嬉しい。今日はあれからどうしてたの?》

「本を読んだり、ネットで買い物してのんびりしてました」

《なにを買ったの?》

「ピアスです。前に雑誌で見て気になってたので……あ、ビーフシチュー作ったので、明日食べてくださいね」

《ありがとう。それで、俺のことは考えてくれた?》

ことあるごとに永井さんのことを考えてたと、口を滑らせるわけにはいかず黙り込む。だって、前の恋が終わってから一カ月も経っていないし、自分の気持ちも未だに言葉にできないから……。

《昨日のキスとか、今朝俺の腕の中で目覚めたこととか、少しも思い出さなかった？》

「っ‼　……そんなこと聞いてどうするんですか？」

《秘密。じゃあ、もう少ししたら帰るけど、花澄は先に眠っててていいからね。……おやすみ》

三分ほど話しただけで、全身が熱くなってしまった。〝秘密〟と言った時の彼の声色が妙に色っぽくて、耳元にまだ残っているような感じがする。

身体を反転してうつ伏せになり、顔を枕に埋めて悶《もだ》えた。

メッセージを送ってすぐに連絡をもらえただけで、今日がいい日だったと思える。

永井さんのことを考えずに過ごすなんて、きっともう無理だ。

それくらい、彼といられることが嬉しい。

蒸し暑さで目が覚めてしまい、時間を確認しようと寝返りを打った。

──っ⁉　どういうこと？

永井さんが隣で眠っていて、驚きで一気に目が覚めた。彼は深く眠っているのか、私が多少動いても反応せず穏やかだ。

女の私でさえ羨んでしまうほどの整った寝顔は、カーテンから漏れる朝日を薄く纏っていて、いつまでも眺めていたくなる。緩く閉じられた唇に、荒れのない肌、セットされていない髪は自然に流れていて……。

見惚れている場合じゃなかった。この前のデートの朝は、二度寝をして寝坊する失態だったのだ。

枕元に置いておいた携帯を取ろうとすると、彼に半身が覆い被さるような体勢になってしまう。起こさないように気を付けながらそっと腕を伸ばしたら、永井さんがうっすらと目を開けてこちらを見た。

「……朝から俺を襲ってくれるなんて、嬉しいね」

「っ、ち、違っ……⁉」

そのまま抱き寄せられて、彼の首筋と枕に顔を埋めた。彼の匂いに、胸の奥がきゅんと疼く。昨夜、寂しくて求めていたそれが全身を満たしていくようだ。

なんとか掴んでいた携帯を落とさないようにと視線を流すと、隣にある彼の携帯が

た。

メッセージが途中まで表示され、見るつもりのなかったやり取りから視線を逃がし

【海都、昨日はありがとう。私も久しぶりに楽しい時間を過ごせたよ。また——】

音もなく反転した。

昨日は仕事だって言ってたのに、他の女性といたの？　〝また〟って、次に会う約束もしてるってこと？

彼の気持ちを知ったまま、返事ができないでいるのは私なのに、モヤモヤした気持ちが湧き上がってくる。

キスをしようとする彼を制して、携帯を持ってベッドを降り、なにも言わずに寝室を出て洗面室へ向かった。

複雑な気持ちと苛立ちをぶつけるように、顔が冷たくなるほど何度も洗ってからリビングに顔を出すと、部屋着姿のままコーヒーを淹れていた永井さんが、私の前に立って手を伸ばしてくる。

「どうしたの？　頬が真っ赤だよ」

「目を覚まそうとしたら、つい洗いすぎちゃって」

彼が他の女性と会っていたと知って、触れようとしてくるその手を避けるように顔

を背けてしまった。

「花澄」

様子を窺ってくる彼も、さすがに私の不機嫌に気付いたのだろう。

「……昨日、本当にお仕事だったんですか？」

「そうだよ。仕事絡みで七瀬と会ってた。どうして？」

「別になんでもないです」

遅くに帰ってきたのが不服なのではない。私と約束があったわけじゃないから、どう過ごそうと彼の自由だ。

でも、七瀬さんと会うなら、そう言ってくれて構わなかったのに……。

合コンだってそうだった。もし私がいなかったら、誰と仲よく過ごしてたの？　本当にちゃんと帰ってきてくれた？

嫉妬めいた気持ちがとめどなく溢れてくるけれど、それを口にしたら永井さんはきっと嫌な気分になるかもしれない。〝無駄〟に妬くと、男の人は面倒に感じるって学んだばかりだ。

「今日も用があるなら、私といなくてもいいので」

「今日は花澄といるって約束したでしょ？」

「無理しなくていいですよ。サンプリングマリッジをしていても、誰と会おうと自由って決まりですし」

今の私は間違いなくかわいくない。一緒に過ごすつもりでいてくれたのが嬉しい反面、放っておいてほしいようなそうじゃないような……心の揺れが自分でも制御できなくて振り回されてしまう。

「そう……ちょっと出てくる」

冷めた声色でそう言い残した彼は自室で出かける支度をして、すぐに出ていってしまった。

七瀬さんからのメッセージを見てからというもの、気持ちが乱れて定まらない。

彼が他の女性と過ごしていたとしても、それを咎める権利は私にはない。彼の気持ちを知りながら、未だに返事を先延ばしにしているのだから。

でも、やっぱり……妬いてしまう。今日だって、本当は一緒にいたいのに。

失恋してから次の恋を始めるのに、どれくらい間を置いたらいいの？　すぐに気持ちが切り替わってしまうはずはないと思っていたのに、気付いたら心の中まで永井さんで大きく左右されるようになっている。

「謝りたいな……。でも、なんて言ったらいいんだろう」

廊下をうろうろして彷徨っていたら、彼の部屋の前に来ていた。玄関から三方向に分かれる廊下のうち、私の部屋がある右側の通路とリビングを挟んだ反対側にあって、もちろん今まで入ったことはない。

開け放されたドアからは室内が見える。フローリングの色は他の部屋と同じダークブラウンで、壁の色は生成り。足音を忍ばせて入ると、L字型のデスクにはノートパソコンが置かれていて、傍らの本棚には難しそうな本から漫画の単行本まで色々と揃っている。

一番下の段にアルバムのような背表紙を見つけて、興味のままに引き出した。

「あ……」

隣の本との隙間から引きずり出された一枚の写真が、床に落ちて表を向く。

いつの頃か分からないけれど、今よりは少し若いように見える永井さんと、彼に寄り添う優艶《ゆうえん》な微笑みの女性が写っていた。

……もしかして、この人が七瀬さん？

写真の中の彼女は凛としていて、彼の隣にいても違和感がないし、ふたりはお似合いだと思った。

「ただいま」

しばらく帰ってこないと思っていたのに、永井さんの声が玄関から聞こえた。

勝手に部屋に入って、写真を見てしまったのを知られないよう、私は慌ててアルバムを戻し、隙間に写真を挿し戻す。

リビングの方へ向かった様子の彼のスリッパの音に安心しながら、何事もなかったように装ってそっと部屋を出た。

「っ‼」

「俺の部屋でなにしてるの？」

途中で引き返してきたらしい彼に見つかってしまった。

「…………」

呆れたため息をついて、永井さんが近づいてくる。

また怒らせちゃったな……仲直りしたかったのに。

「ごめんなさい……っ⁉」

永井さんは私の手を強引に引っ張って、出てきたばかりの彼の部屋に連れ込む。

勢いに飲まれて足がもつれ、本棚に押しつけられるように両腕で囲まれてしまった。

長身から見下ろしてくる彼の様子が今までとは違うのが、ひしひしと伝わってくる。

「ここでなにしてたの？　勝手に入られていい気分はしないんだけど」

彼の冷静な瞳に見つめられたら、心の内を話さないと許してもらえないと思った。

目的があって入ったわけではない。こっそりなにかを探るつもりもなかった。でも、ふと目に留まったアルバムに指をかけてしまった。

どうして彼の部屋に入ったのかと考えれば、寂しかったからだ。一緒に過ごしたいと素直に言えなかった自分がじれったくて……。

「永井さんが出かけちゃったから……。今日、一緒に過ごせるのを楽しみにしてたけど、ちょっと嫌なことがあって、それであんなことを言ってしまって……」

もし、彼に嫌われてしまっても、この生活はサンプリングマリッジの間だけ。それに、雅哉さんとの関係はなくなったのだから、気まずくなったなら逃げ出したって許されるかもしれない。

でも、この楽しい毎日が終わるのも、永井さんと会えなくなるのも寂しい。

「昨日、七瀬さんといたなら言ってほしかったんです。隠すつもりはないって言ってたのに……」

「携帯、見たの?」

「見えちゃっただけです。今朝、起きた時にメッセージが届いて……」

「あぁ、あの時か」

「でも、永井さんをもっと知りたくて、気付いたらこの部屋にいて……」

自分でもまだ信じられない本心を打ち明けたら、永井さんはふと表情を緩めた。

「まったく、花澄には振り回されてばかりだな」

突然縛るように抱きしめてきた彼の大きなため息が耳元を掠め、首筋にキスが落とされた。

「っ‼」

「今朝の続き、する？」

「えっ⁉」

問いかけに驚いて見上げたら、余裕たっぷりの表情で私を見つめたまま、彼が唇を重ねてきた。

「んんっ……」

息苦しさと彼の妖艶さに当てられて、頬が上気する。

まぶたを下ろそうと思うのに、彼の瞳から目が離せなくて……。

「かわいいから許す」

数秒後、最後にチュッと音を立てて離された唇は、火傷したように熱くなっていた。

「今日は、もっとお互いを知る日にしよう」

「はい」

抱きしめられたまま彼の胸に頬を寄せていると、頭上から優しく問いかけられた。

「話すだけじゃ足りなくなったらごめんな？」

「………」

一昨日の夜を思い出した私は、頬の熱が冷めきらないうちに、また火照らせてしまった。


身支度を済ませると、玄関で永井さんが待っていた。彼はカットソーに着替えていて、腕に麻の黒いジャケットをかけている。私もミモレ丈の上品な桜色のプリーツスカートにグレーのサマーニットを合わせたから、なんとなく雰囲気は合いそうだ。

「さっき、どこに出かけてたんですか？」

「出さないといけない郵便があったから、コンシェルジュに頼んできただけ」

てっきりどこかに出かけて、夜まで帰ってこないんじゃないかとばかり……。あんなに嫉妬していた姿は、できれば見られたくないな。

最上階まで上がってくるエレベーターの到着を待つ間、彼はやんわりと手を繋いでくれた。

「今日は、とっておきのデートをしようと思ってるから」

「どこに行くんですか？」

「着いてからのお楽しみ」

地下にある駐車場に行くと思っていたのに、エントランス階のボタンが押された。

「車で行かないんですか？」

彼を見上げて問いかけたけれど、微笑みを返してくるだけでなにも教えてくれそうにない。

壁に滝が流れる豪勢なロビーを通って外に出ると、マンション前の車寄せに真っ白なリムジンが停まっていて、目を奪われた。

一度、街で見かけたことがあるくらいで、私には縁のない乗り物だろうと思っていたのに……。

「社長、おはようございます」

車の横に立っていた運転手の男性に声をかけられた彼は、躊躇《ちゅうちょ》なく私の手を引いていく。驚きが声にもならず、私は連れられるままにリムジンの前まで来てしまった。

「おはようございます。今日は長くなりますが、よろしく頼みますね」

「本日もなんなりとお申し付けくださいませ」

秘書の九条さんと同等に畏《かしこ》まった運転手にエスコートされ、私たちはリムジンに乗り込んだ。

「あの……」

まさか乗ることになるとは……。

車とは思えない広い車内に視線を泳がせていると、並んで座っている永井さんが用意されていたシャンパンの栓を抜き、グラスに注いで渡してきた。

「たまには、こういうデートもいいかなと思って」

「別世界すぎて言葉が出ません……」

「そう？　俺の彼女になったら、たいして珍しくもなくなるよ」

永井さんの彼女ともなると、こんな時間が過ごせるのかと再び唖然とする。確かに、運転手さんは『本日も』って言ってたな……。

「あの……ちなみに、リムジンって一日借りたらいくらするんですか？」

「時期や車種にもよるだろうけど、今乗ってるクライスラーだと、一時間三万前後じゃなかったかな」

丸一日借りたら、七十万以上だ。桁違いの料金に絶句していると、永井さんが小さく笑った。

「大丈夫。このリムジンは、うちの社で保有してるものだから乗り放題」

さすが大企業のCEO。リムジンまで持っているなんて、庶民との違いを見たようだ。

渋谷《しぶや》駅前の信号で停車すると、スクランブル交差点を行き交う人々の視線が集まる。女性たちは羨望の眼差しを向けて足を止め、恋人同士は一瞬だけ見るものの、すぐにふたりの世界に戻っていく。隣に停まった車の運転手は物珍しそうに眺めてきた。

「おもしろいよね、人の視線って。簡単に手の届かない高価なものを見ると羨んだ顔をするんだ。欲しそうな顔をしてね」

「それはそうだと思います。永井さんのような生活ができる人なんて、ほんの一握りですから」

「俺が言いたいのは、欲しいのに手に入らないと諦めて、努力をしない人には興味を持てないってこと。花澄は小泉先輩に一生懸命だったでしょ？　もっと好きになってもらいたいし、自分だけを愛してほしいって一途に頑張ってた」

「……はい」

雅哉さんにとっては、ただの遊びでしかなかったんだから、私がどんなに頑張ったところで報われる日はなかったけど。

それにしても、永井さんはたった一カ月一緒にいるだけなのに、よく見ている。CEOになるにはそういう観察力も必要なのだろう。

「これからは俺だけを見てほしいし、もっと知ってほしいから、今日はこういうデートをすることにしたんだよ。だから、花澄のことも教えて？」

「私は……どちらかというと羨んでしまう側で、普通の幸せがあればいいなって思ってるんです」

「普通って？」

「好きな人がいて、毎日他愛ないことで笑って、時々喧嘩をするかもしれないけれど、お互いに想い合ってて……そういう恋を、いつかしてみたくて」

それは、きっとこの世の中にありふれている〝普通の幸せの形〟なのかもしれないけれど、まったく同じものはこの世にふたつとない。小さい幸せでいいから、毎日ひとつずつ見つけて過ごしたくて。

「花澄は、目に見えないものを信じられる強さがあるんだね」

「強くなんてないです。痛い目に遭って落ち込んでばかりだし」

ふんわりと笑みを浮かべた永井さんは、私の手を取った。

「俺はね、花澄は芯のある人だと思ってる。ひとりの人を想って愛し続ける強さも持ってるし、仕事に対しても真摯だし、譲れないものがきちんとあるでしょ？　そんな花澄を誰よりも近くで俺が守ってあげたい。……花澄に必要とされるような男になりたいんだ」

彼の熱い想いに照れてしまって俯くと、そっと彼は私の手を引いて肩を抱いた。

すぐそばにある優しくも凛々しい微笑みは、本当に守られているようで穏やかな気持ちになれる。

永井さんといると、夢のような出来事の連続だ。

……目が覚めたら、全部泡のように消えてしまうんじゃないかと思うほど。

しばらくすると、スカイツリーが見えるフランス料理店の前にリムジンが停まり、運転手がドアを開けた。

「お戻りの際はご連絡くださいませ。お待ちしております」

「ありがとう。待ってもらっている間、これで食事でもしてください」

ジャケットのポケットから点袋を出し、永井さんは運転手に渡した。

「いつもありがとうございます」

「こちらこそ。では、また後ほど連絡します」

やることなすことすべてがスマートで、永井さんには非の打ちどころがない。私の一歩前を歩く姿も、姿勢がよくて格好がつく。

「永井様、お待ち申し上げておりました。本日はご来店ありがとうございます」

「楽しみにしてきましたと、シェフによろしくお伝えください」

レストランに入り、丁寧に出迎えてくれたスタッフに案内される間、永井さんは自然と私に腕を貸してくれた。エスコートされた窓際のテーブル席には、予約席を示す【Reserved seats】の札が置かれていた。

「やっぱり緊張しちゃいます。こういうお店は慣れなくて」

「ここは特によくしてもらってる店だから、そんなに気負わないで」

永井さんの行きつけは、庶民の私にとってご褒美レベル以上の店ばかり。

ここは店内の雰囲気も眺望もいいし、窓際だけど直射日光が当たらない配慮がされていて、居心地は最高だ。

「なんでも好きなものを食べてね」

「ありがとうございます」

スタッフに渡されたメニューには価格表示が一切なく、目を泳がせてしまう。どれを頼んでも美味しそうだけど……。

「いらっしゃいませ」

「忙しい時間だったかな」

「平気よ、海都が来た時は言ってもらえるようにしてあるの」

腰にエプロンを結び、すらりとしたスタイルによく似合う真っ白なコックコートを着た女性が席にやってきた。親しげに彼と話す顔には、見覚えがある。

「紹介するよ。ここのシェフで、俺をよく知ってる尾野《おの》七瀬さん」

やっぱりそうだ。ついさっき彼の部屋で見た写真を思い出す。雰囲気は少し変わっているけれど、確かに同じ女性だった。

「はじめまして、尾野と申します。今日は腕を振るいますので、どうぞごゆっくり楽しんでいってください」

「ありがとうございます……」

七瀬さんは、丁寧に頭を下げてから厨房に戻っていった。

そのうち会わせるって彼は言っていたけど、まさか今日になるなんて思いもしなかった。

彼女の微笑みは爽やかで、綺麗な黒髪が編み込まれているヘアアレンジもさりげなくてお洒落だし、陶器のように綺麗な肌はそれだけで魅力的。同じ女性として羨んでしまいそうになる美貌の持ち主だった。

永井さんが昨日彼女と会っていたのを知らなかったら、こんなに妬かなくて済んだのかな。せっかくのデートを楽しみたいのに複雑な気分だ。

どうして彼は、私を七瀬さんに会わせたんだろう。昔の恋人にはできれば会いたくないし、そんなことは彼なら分かっていてもおかしくないのに。

「昨日は七瀬と仕事の話をしてたんだよ。花澄と出会う前から、海外にチャペル付きのリゾートホテルを新しく出す予定があってね。人気のあるレストランを誘致した方が有益だから、彼女に協力してもらって話を進めてるところなんだ」

「そうだったんですか……」

「だから、なにもやましいことはない。確かに彼女とは以前付き合っていたけど、俺は起業したばかりだったし、彼女は一流シェフになるっていう目標があった。すれ違いって言ったらそれまでだけど、きちんと話し合った上でお互いの未来のために別れを選んだ」

永井さんが、私の目をまっすぐ射抜くように見つめて話してくれた。

ひとつひとつ言葉を選んで、ちゃんと私に伝わるよう丁寧に。

「妬いたりして、ごめんなさい」

「いいよ。花澄のヤキモチは大歓迎」

彼の優しい微笑みに、私は何度救われてきただろう。私の嫉妬すら受け入れてくれて、前向きなものに変えてくれた。

「失礼いたします。前菜のフォアグラのムースと、海老とマッシュルームとユリ根のアヒージョです」

オーダーした料理が運ばれてきて、彼が七瀬さんの協力を仰いで出そうとしている、海外のチャペルの話を聞いた。

冷製のコンソメスープでひと息ついた後、メインディッシュが運ばれてくる。特選和牛を包み蒸し焼きにしたものだとスタッフが説明してくれた。

白皿の上に美しく盛りつけられた料理に感動していると、そんな私の様子を見た永井さんは嬉しそうにした。

「一本、連絡を入れてきていいかな」

「はい」

メインディッシュを食べ終え、デザートが出てくる前に、彼が携帯を片手に席を立った。意識してその背を目で追ってしまい、入口の向こうに姿が消えると寂しくなって、早く戻ってきてくれないかと思った。

この数日、永井さんに惹かれ始めている自分に蓋をしていたような気がする。七瀬さんとの関係もきちんと説明してもらえて、さらに彼への気持ちが膨らんだけれど……。

永井さんの大切な人になりたいと声にすれば叶うだろうに、そんな都合のいいことが起きていいのかとも思う。次元の違う生活や豪華なデートが似合う彼の隣に、庶民の自分がいる姿はどうしても想像できなくて……。

「いかがですか？　お口に合いましたか？」

客席を回っていた七瀬さんがやってきて、声をかけてくれた。

「はい。とても美味しくて、食べすぎてしまいました」

「お客様の幸せそうな表情が、なによりの賞賛です。ありがとうございます」

以前、永井さんが調理師の学校に通ったことがあると冗談を言っていたけど、それは七瀬さんのことだったのかもしれない。

「あの……永井さんからお話は伺っていまして。どんなに素敵な人なんだろうと思っていたんですけど、シェフをされているなんてすごいですね」

「海都が私の話を？　……へぇ、意外です。彼は昨日、あなたのことばかり話していたので」

見上げると、微笑んでいる七瀬さんがいた。

「私のことを?」

「でも、残念だけど……今のあなたは海都に不釣り合いね」

表情と声色は柔らかいものの、残された言葉は確実に私の気持ちを挫《くじ》いた。

厨房へ戻っていく七瀬さんの背中が、自信に溢れているように見えて羨ましく思った。

私なんかが彼に釣り合わないのは、自分でもよくわかっているつもり。ごく普通のOLと大企業のCEOは住む世界が違うし、いくら彼が私を知りたいと思ってくれていても、ふさわしい女性になれるとは限らない。

でも、初対面の七瀬さんに言われたくなかった。わざわざあんなことを言ってくるなんて、どういうつもりなんだろう。永井さんは、お互いの未来のために別れを選んだと言っていたけど……もしかすると七瀬さんはまだ彼に未練があって、復縁を望んでいるのかもしれない。

「ごめん、ちょっと仕事の連絡があって」

私と七瀬さんの間にあった出来事なんて知る由もない彼は、戻るなり穏やかな顔で私を見つめてくる。

不釣り合いと言われた私は、七瀬さんに負けたくないと思い、どうしたら彼の隣が似合う女性になれるのかを考えていた。

「七瀬さんって素敵ですね」

「そうだね。ちゃんと自分の夢を叶えるために努力してきたし、こんな有名な店のシェフにまで上りつめたんだから、たいしたもんだと思うよ」

彼がリムジンで話してくれたことを、ふと思い出した。努力してきた七瀬さんを認めているからこそ、仕事の繋がりもあるのは分かる。でも、自分に足りないものを彼女が持っているんだと思うと、それがなんなのか知りたくなった。

「永井さん、七瀬さんのどこが好きなんですか？」

「……どこって、全部好きだったけど」

「そう、ですか……」

見事に完敗だ。すべてが好きと言われている七瀬さんと比較したところで、なんのとりえもない私に勝機はなさそうだ。

「七瀬さんも、永井さんを好きでいるかもしれませんよ」

「あはは、そうかもね。振った方が後悔するパターンもない話じゃないね」

お互いに夢を叶え、ビジネスパートナーになった今だからこそ、向き合おうとしていたっておかしくない。

私はどうしたら七瀬さんに勝てるんだろう。

やっと、永井さんに恋をした気持ちを自覚できたところなのに……。


食事を終えて店を後にした私たちは、再びリムジンに乗り込んだ。

ベイエリアが近づくと視界が開けて、西に傾いた太陽が昼下がりを報《しら》せる。

楽しいデートではあるけれど、心の中はぐちゃぐちゃだ。

永井さんは私を好きだと言ってくれているし、私も彼のことが好き。でも、七瀬さんに言われたことがずっと頭の中で響いていて……。

彼はいつでも助けてくれるから、甘えたくなる。だけど、こんな私だから彼と釣り合わないんだろうな。自分の道を進む七瀬さんみたいな格好いい女性と過去に恋をして、別れた今も仕事をしたいと思うほどの信頼関係があるんだもの。

「もう、小泉先輩とは連絡取ってない?」

「連絡先、全部消したので……。時々、会社ですれ違っても、話すことはありません」

隣に座る彼を見遣ると、目を細めて愛しいものを見るような眼差しを私に向けていた。

「働いてる花澄が見れるなんて、先輩が羨ましい」

「それは……どうしようもないことですから」

その後も、なかなか橙に染まらない空を見上げていると、不意に抱き寄せられて、頬にキスをされた。

「今日は、花澄のことをもっと知りたい」

運転席との間に仕切りのあるリムジンでふたりきり。

彼は私と額を合わせて微笑むと、唇にキスをひとつ落とした。


次にリムジンが停まったのは、都内の五つ星ホテルの前だった。

「明朝お迎えに上がります」

「お願いします」

明朝って、お泊まりするってこと!?　驚いて隣に立つ彼を見上げると、何食わぬ顔で見下ろされた。

「俺なりの〝大人のデート〟を花澄としてみたくてね」

その響きに喉が上下してしまい、明朝までの間になにが起きるのかと思うと、全身に緊張が走った。

フロントで名を告げ、当然のように通されたのはスイートルームだった。

永井さんと暮らす部屋に比べたら手狭だけど、それでも一泊何十万もするであろう豪勢な空間は映画やドラマで見た光景と酷似していて、私は部屋のドアの前から動けなくなった。

「映画の世界に来たみたい……」

椅子にジャケットをかけた彼が戻ってきて、私の手を引いて室内へ導く。

部屋の窓からは、茜色に染まり始めた景色が見える。高層ビル群も明かりを灯し始めて、眩い光景が少しずつ広がってきた。

「……大人のデートって、こんなに緊張するものなんですか？」

「花澄は本当にかわいいな。同棲もしてるし、キスだってしたのに、こんなことで緊張しちゃうんだ」

「当たり前ですっ‼」

肩を引き寄せられただけで、全身が沸騰しそうなほど熱くなる。

「俺の彼女になったら、たまにはこういうデートもするよ」

耳にキスをした彼が「かわいい」と呟いたせいで息がかかって、思わず肩が上がってしまった。緊張でどうしようもなくなって目を瞑《つぶ》ると、彼の大きな手が髪を撫で、腕の中に包み込んでくれた。

「そういえば、永井さんの嫌いな女性って、どういう人ですか？」

「嫌いな女性？　そうだな……。金目当ての派手なタイプとか、気に入られようとして媚《こび》を売ったりとか……悪い子じゃなくてもそういう計算高い一面を見ると冷めるかな。だから、前に行った合コンみたいな集まりは、極力行かないって決めてる」

「……そういう人が永井さんの周りにたくさんいるってことですか？」

「うーん、たまに寄ってくるだけ」

やっぱり永井さんのような人には、言い寄ってくる女性が後を絶たないのだろう。この前だって、美紀たちが彼を気に入ったのが一目瞭然だったたし、連絡先を聞かなかっただけで咎められたくらいだ。

ソファに座って寛いでいると、前触れなく部屋のチャイムが鳴って、スタッフが二名招き入れられた。運ばれてきたのは、カバーのかかったハンガーラックと高級ブランドのアメニティだった。それから、ワインとシャンパンが一本ずつ、フルーツの盛り合わせ、私が好んでいるジャスミンティーもある。

彼らは私たちに丁寧に一礼すると、すぐに出ていった。

「明日、仕事に行くのに着替えが必要だし、泊まるって言ってなかったから女の子は色々必要だと思って」

「洋服は、一度帰ればあるので大丈夫ですよ」

彼は私が料理を作っただけで至れり尽くせりだと言ってくれたけど、私にしてみれば永井さんとのデートの方がよっぽどそうだと思う。

「明日は会社の前まで送らせて。その方がふたりきりでいる時間が増える」

「でも、服をお借りするとしても、もし汚してしまったら……」

「花澄が気に入った服を買い取るから大丈夫。好きなのを着たらいいよ」

永井さんはとにかく甘い。七瀬さんみたいに格好いい女性になりたくても、彼が甘やかしてくれるたびに道のりは長くなりそうだ。

「花澄の小さい時の話を聞いてみたいな」

「たいしておもしろくないですよ。両親と三つ違いの兄、それから年子の姉がいて……」

幼少の頃は兄や姉の背を追ってばかりで、小学生時代は周りの子が初恋をしているのに、私にはそういうことがなかったこと。中学生になってからは吹奏楽部の活動に明け暮れて、高校と大学は女子校でごく普通に過ごし、勉強に励んでいたこと……。

「花澄、モテたでしょ？」

「全然モテないですよ。だから、あんなひどい恋に本気になっちゃったし……」

「ごめん、思い出させるつもりはなかったんだけど」

「もう大丈夫です。永井さんが一緒にいてくれたから、すごく救われました」

ワイングラスを軽く揺らしている彼と一瞬目が合ってドキッとする。アンバーの室内照明で瞳が濡れているように見えて、永井さんがいつにも増して色っぽいのだ。

「こんなに素敵なデートをしたのも、生まれて初めてです」

「俺も、女の子を会社に呼ぶために迎えを出したことはないし、リムジンに乗せたのも、こういうデートに誘ったのも、七瀬に会わせたのも花澄が初めて」

永井さんにも初めてのことがあったのが意外だった。特別な時間の中に私だけしか知らない彼の姿があったと思うと、とても嬉しくて頬が緩んでしまった。

隣で真紅のワインを飲み進める彼の横顔にも、つい見惚れてしまう。私の視線に気付いた彼は、ゆったりと微笑んで私の髪を撫でた。

「シャワー浴びておいで。酒が回ると面倒になるだろうし」

「はい……では、お先に」

量は少ないけれど、七瀬さんの店から飲み続けている私に気を使ってくれたのだろう。

スイートルームの浴室は、私が知っているホテルのものとは違う。猫脚のバスタブが洒落ているし、窓から見える景色が開放的だ。

お風呂を出たら、次に永井さんが入って、それからまた色々話して……。今夜はできるだけ起きて、彼のことをもっと聞きたい。

肌触りのいいバスローブを着て浴室から出ると、彼はソファの背に深く寄りかかって目を閉じていた。

本当は疲れてるんだろうなぁ。CEOは常に仕事のことを考えてなくてはいけないだろうし、心が休まる時間がなさそうだ。

そんな毎日に私がいて、面倒ごとを増やしていないかな。一緒にいてくれるだけで幸せな気持ちになれるから、無理はさせたくないのに……。

「永井さん」

彼の隣に座ってそっと声をかけるけど、反応はない。お酒が進んでいたから酔って眠ってしまったのかな。

「お風呂、空きましたよ」

そっと左肩に触れると、彼は眉間に皺を寄せてからおぼろげに目を開け、私を流し見た。

「……俺も入ってくる」

彼は欠伸《あくび》をしてから腰を上げ、バスルームに向かった。入れ違いでソファに座った私は、彼が注文してくれたジャスミンティーで喉を潤してひと息ついた。

目の前のテーブルには、彼の腕時計が置かれている。見覚えがあると気付いたのは、前にブランド名の読み方が分からなくて教えてもらったものだったからだ。内部の繊細な動きがすべて見えるスケルトンのフェイスは、指一本すら触れるのに勇気がいる。

ホテルのスタッフが持ってきたハンガーラックの前に立ち、カバーを外してひとつひとつ眺めてみる。どれもこれもかわいい洋服ばかりで、まるでセレクトショップに来たような気分だ。流行りのデザインや色のトップスやワンピース、カジュアルなデニムやピンヒールまで揃っている。値札はついていないけれど、ブランドのタグは有名どころと分かる。

十五分ほどすると、永井さんが戻ってきた。同じデザインのバスローブから覗く胸元に視線が泳いでしまい、私は部屋の片隅にあるドレッサーへ逃げた。

「あの、これって本当に使っていいんですか？」

ずっと使ってみたかった憧れブランドのスキンケアを両手に持って話しかけた。

「もちろん。花澄のために用意してもらったんだから使って。気に入ったら、持って帰っていいからね」

備え付けの冷蔵庫から満月のように丸い氷をロックグラスに入れて、ウイスキーボトルを持つと、彼はソファに座った。

コットンで化粧水をなじませていると、鏡の中から見つめてくる彼と目が合ってしまって戸惑う。

ウイスキーを注いで、グラスの氷を指先で遊ぶように転がす仕草も、いつものように夕刊を手にして読む姿も、全部が絵になるほど色っぽい。

ひと通りのスキンケアを終えて両手のひらで頬を包むと、肌の手触りが格段によくなっていて思わず笑みがこぼれた。

「こっちにおいで」

呼ばれて、彼の隣に座った。このソファも腰が沈みすぎず快適だ。高級な部屋には相応のもてなしがあるものだと改めて実感する。

「同じ格好してると、ちょっと照れくさいね」

「そ、そうですね……」

できるだけ落ち着こうとしても、彼の色気が漂ってくるようで鼓動が速くなる。

ふと視線を流すと、いつもと変わらない優しい表情で見つめられていて、そっと手が繋がれた。

「花澄といると、心の声を全部言葉にしたくなる」

「どんなことですか？」

「バスローブを着た花澄は色っぽいから、家でも着てほしいな、とか」

「恥ずかしいので、着ません……」

「今夜、花澄をめちゃくちゃにしてみたい、とか」

どうしよう！　そんなことを言われても、なんて返せばいいのか思いつかない。

彼の隣は贅沢がすぎると常々思っているし、まだ自分の想いも伝えられずにいるのに……。

「なんて、簡単に身体を許されたくはないけどね」

彼は柔和な笑みを浮かべて見つめてくる。

「あの、永井さんは……」

「なに？」

「どうしてそんなに私を困らせるんですか？」

「花澄のいろんな表情を見てみたいから」

間近で見つめてくる彼の視線が熱い。彼の心の内を言葉にされるたびに、私はドキドキさせられてばかりだ。

彼の視線が唇に落とされて、心音が大きく鳴る。優しい口づけは思い出すだけで頬が火照り、少し俯いてしまった。

「何度だって言うけど、俺は本当に花澄が好きだから。ちゃんと、俺だけを見てほしい」

顎先を持ち上げられ、まぶたを下ろす。そっと唇が重なり、柔らかな感触に身を委ねた。火照っている頬に彼が手のひらを添えると、不意にキスが中断された。

「ほっぺた、すごい熱いんだけど」

「……言わないで」

彼は意地悪に微笑み、私の頬にキスを落としてから唇を求めてくる。

一向に深度の変わらないキスだけで緊張がピークに達して、鼓動がうるさく響く。

彼の手がうなじに添えられて、ゆっくりとソファに押し倒されてしまった。

永井さんで頭の中が埋め尽くされていく。彼の唇の柔らかさと互いの熱が混ざり合って、いずれ唇がとろけてしまいそうだ。

「……止められなくなりそうだから、ここまでにしておく」

途中でやめてもらえてホッとしつつ、切なげに眉尻を下げて微笑む永井さんの表情が、一層私を戸惑わせる。胸の奥がきゅんと疼くのに、自分に自信が持てなくて、想いを伝える勇気が出なかった。

それからふたりでソファに座ったまま、色々な話をしながらお酒を飲んで過ごした。この前の合コンに来ていた玉田さんたちの話や学生時代のこと、七瀬さんのお店を誘致する予定の新しいプロジェクトのことまで、話している間は友達のようにも感じられて、話し上手な彼にたくさん楽しませてもらった。

ふと壁時計を見たら、もう二十二時になろうとしている。

「あー、本当に……」

寝支度を整えて、ソファに戻ると彼がじれったそうに呟いた。

「どうしました？」

「もっと、こっちに来て」

ソファの背に大きくもたれている彼に腕を引かれ、再び重ねられた唇を離そうとしたら、引き止められて驚いた。

「んっ……」

彼の温もりと私の浮かされた熱が混じるたびに、甘えた声が漏れてしまう。

もっと私だけを見ていてほしいし、彼のことも知りたいのに……〝好き〟と告げるのに躊躇してしまう。

今の私じゃ、きっと彼と上手くやっていけない気がする。七瀬さんに言われて気付いた自分の甘さに直面して、想いを言葉にするのが難しくなった。

「今の花澄の気持ちが知りたい。俺以外の誰かを考えたりすることがあるの？」

「永井さんが〝俺のことを考えて〟って言ったから、その通りにしてます」

キスの余韻でぼんやりしている私は、思い浮かんだことを口にした。

今の言葉に嘘はない。数日前から彼のことばかり考えているし、一緒に過ごせる時間がずっと続けばいいと思っているほど、こんなにも惹かれている。

でも、自分の気持ちを素直に打ち明けられなくて、彼が言ったからだと付け足してから、少し後悔した。

彼はテーブルにあったグラスを傾けて、氷が解けたウイスキーをひと口飲むと、ゆっくり立ち上がって私を抱き上げた。

ドキドキと鳴る鼓動は、リビングと続き間になっているベッドルームに入ってから一層大きくなった。

そっと私をベッドの上に横たえると、彼は馬乗りになって見下ろしてきた。私の髪を撫で、火照ってしまった頬を手のひらで包み、指先で私の唇に触れてくる彼の妖艶さから目が離せない。

上体を傾けて、私に迫る彼は額にキスをして微笑んだ。

「もう眠いでしょ？　明日もあるし、ゆっくり休んで」

「永井さんは？」

「もうじき寝るけど、海外から仕事の連絡が入るから、それを確認したら寝るよ」

もう一度、私の唇にそっとキスをしてくれた彼は、「おやすみ」と言ってリビングに戻っていった。


翌朝、彼の寝返りで掛布団が動き、ふと目が覚めた。

永井さんが何時に眠ったのか分からないけれど、よく眠っているのを見ると起こしたくなくなる。綺麗な寝顔はいつまでも見ていられるし、このままゆっくり過ごしていたくなるほど、初めて泊まったスイートルームは快適だ。

あと一カ月足らずでサンプリングマリッジは終わってしまう。今日までの日々より、一緒にいられる時間の方が少なくなってきていて、考えるだけで寂しさが募る。

永井さんは、本当に私が好きなの？　それとも八月二十日が過ぎたら、全部夢のように消えてしまうの？

彼と紡いできた時間に終わりがあるのが嫌になるなんて、出会った日は微塵も思わなかったのに……こんなに甘い時間の思い出ばかり積み重ねたら、永井さんとの生活が終わってからも、きっと彼を求めてしまうに違いない。

こんなに贅を尽くされた上に、生まれて初めて男の人に大切に扱われて……。彼に愛されたことは忘れられないだろう。


チェックアウト前にホテルを後にすると、リムジンで社の近くまで送ってもらった。今、この瞬間を美紀たちに見られたら、質問攻めに遭って、さらに噂の的になるだろうなぁ。

「それじゃ、また今夜。仕事頑張って」

「はい。行ってきます」

ウィンドウから顔を覗かせて小さく手を振る永井さんは、悠々とリムジンで会社の方へ向かっていった。

本当に騎士とデートをしたみたいだ。ことあるごとにキスをしても一線を越えることなく、想いを言葉にして伝えてもらえて……大切に扱ってもらえた自覚がある。

リムジンを降りた私は、ごく普通のＯＬに戻った。会社の周辺はオフィス街のコンクリートだらけで現実を見せつけてくる。

彼との夢のような時間に戻りたい。

袖を通している用意してくれた服に、名残惜しさを感じた。


同僚が次々と出勤してきて、始業時間の十分前に美紀が私のデスクにやってきた。

「おはよう。ねぇ、あれから永井さんと会えた？」

「ううん、会ってないよ」

とっさにごまかすと、彼女はそれ以上追及してこなかった。〝だから連絡先を交換するべきだった〟と軽く責められるくらいで済んでよかったと胸を撫で下ろす。リムジン出勤を目撃されていたら、こうはいかなかっただろう。

「それにしても、今日は随分メイクが映えてるね。唇は真っ赤だし、それにすごく素敵な服まで」

「新しく買ったクリームがいいのかも。唇は蜂蜜のパックをしたからかな」

「へぇ……そう。服は？」

「ネットでセールだったから買ったの。やっと届いたんだ」

危ないところだった。女子の目はあらゆるところに向けられるということを忘れていた。

昨日、たくさんキスをして過ごしたせいで唇が腫れたように赤いことも、デートの満足感で肌艶がいいことも知られたくはない。

永井さんとの毎日は、誰にも秘密にしたくなるほど素敵だから。

ひとり占めしたい

七月下旬。

朝から汗だくで通勤するサラリーマンたちと違って、永井さんは今朝も九条さんの迎えの車で出社していった。そして、実は私も彼の厚意に甘えさせてもらって、社の近くまで同乗させてもらった。……これで三日連続。

『できるだけ一緒にいたい』と永井さんに言われて断れなかったけれど、もうすぐサンプリングマリッジも終わりを迎える。この快適さに慣れて今までの通勤には戻れなくなっても困るから、今度は遠慮しなくちゃいけないと自分を戒めた。


十一時。先輩社員が新しく企画したプランの打ち合わせに同席するために、先輩方と並んで取引先を迎えた。

「猛暑の中、ご足労いただいて申し訳ありません。本日はどうぞよろしくお願いいたします」

「こちらこそ貴重なお時間をありがとうございます」

先輩に続いて挨拶を交わしたのは、永井ホールディングスの式場担当者二名。そして、その隣で名刺交換をしているのは、CEOとして来社した永井さんだ。

私は驚きのあまり瞬きを繰り返し、いつにも増して洗練された雰囲気の彼に見惚れてしまった。

同僚の話によると、永井さんは時々経済誌に載っているらしく、顔を見ただけで彼と分かる人が多いらしい。世間では、その整った顔立ちと甘い微笑みから〝王子系CEO〟と呼ばれていることも知った。

「いつもお世話になっております」

「こちらこそ、お世話になっております……」

私の順が回ってきて、できるだけ冷静を保って名刺を渡し、挨拶を交わす。

彼からも名刺を受け取ると、不意に微笑まれて思わず息をのんだ。

先輩方には『はじめまして』と挨拶していたのに、私だけ違う挨拶だったことに気付き、会議室へ案内されている彼の背中にこっそり笑みを向けた。

会議室に入ると、上座の真ん中に座った永井さんを挟んで式場担当者が座り、ATS側も順に着席した。

サマースーツ姿の永井さんは引き締まった表情で、配られた資料をめくって目を通している。

挙式を予定しているカップル向けの企画に対して、今まで永井ホールディングスに賛同を求め、断られた同業者が多数あると聞かされてきた。理由のひとつは、彼の会社が経営する式場の人気が非常に高く、一年先までびっしりと予約が埋まっているから。もうひとつは、ＣＥＯである永井さんのお眼鏡に叶わなかったからだという。

だけど今回、先輩がものは試しと申し入れてみたところ、すんなり了承が得られたというのだから驚きだ。それも、先方の担当者が言うには、永井さんからふたつ返事で承認が下りたのは大変珍しいそうだ。どうして彼が首を縦に振ってくれたのかわからないけれど、それだけＡＴＳの企画を気に入ってくれたのかもしれない。

担当社員が企画についてのプレゼンを始め、永井さんは真剣な面持ちで話に聞き入っている。その表情は大企業のＣＥＯそのものだ。

イニシャル入りのペンを持つ手が綺麗で見惚れていると、彼はさりげなくバッグから取り出した眼鏡をかけた。初めて見る彼の眼鏡姿はとても凛々しくて、私の胸の奥が握られたように苦しくなった。

「御社のチャペルで挙式を希望しているカップル向けのプランを企画いたしました。

担当者レベルで諸条件をすり合わせ、挙式とハネムーンが一体になったプランをメインに考えております。他に、挙式と宿泊のみのプランもご用意いたしました——」

先輩の話を真剣に聞きながらメモを取る。だけど、いつもとは違う緊張はなかなか解けない。時折永井さんが眼鏡越しに見つめてくるから、頬がいちいち熱くなってしまう。

「……ここまでが現状となりますが、遊びのないプランは敬遠されますし、販売価格につきましては、弊社もお客様目線で練り直したいと思っております。まだまだ詰めていく必要がございますので、本日この場を設けさせていただきました」

「ご説明ありがとうございました。確かに、このままではATSさんとタッグを組む意味がないですね。お客様が求めているものをピンポイントで入れないと、他社さんのプランと比較された時に負けてしまいかねません。挙式付きプランは値が張りますから、他の企業を利用したらよかったと思われた場合、御社にとっても弊社にとってもマイナスになります。それは絶対に避けたいので、こちらからもいくつかご提案させていただきます」

遠慮なく意見した永井さんは、眼鏡のフレームを指で持ち上げた。

今まで多くの企業がオファーを断られてきた過去は本当だったようだ。

先輩は、永井さんの真剣な眼差しに射抜かれたような表情を見せたものの、すぐに資料に目を落とした。

「ただ今、永井より話がありました通り、弊社からのご提案をお話させていただきます。まず、海辺のチャペルを利用するプランについてですが、なにかしらのサプライズを弊社でご用意いたします。価格につきましては天候に左右されることを考慮し、もう少し良心的にしたく思います――」

先方の担当者が話しているのに、私の視線は永井さんに向いてしまう。あまりに素敵で見惚れていると、彼に見つめ返されてしまい、思わず俯いてしまった。

「これだけ考える余地のある企画なら、柔軟に組み立ててみましょう。御社が私どもとタッグを組むことで、付加価値となる宣伝効果やリピーターの獲得に繋がり、最終的には大きな利益を生む企画になるよう、ご協力させていただきます」

永井さんが話し終えてからゆったりと微笑むと、同席している女子社員全員がメモを取っている手を止め、見惚れてしまったようだ。

互いに課題を持ち帰って、来週の期限までに練り上げ、その後は担当者を中心に進めることとなり、今日の打ち合わせは時刻通りに終わった。

エレベーター前へ永井さんが向かう間も、通りすがった社員たちは足を止めて会釈をしてから、憧れの眼差しで彼の姿を焼きつけるように見ている。

……本当にすごい人と一緒に暮らしてるんだなぁ。彼とこれからも一緒にいられるように、最後の日までに自分の気持ちを告げられる自信が欲しい。

先輩方と話しながら歩いている彼の二歩後方から、大きな背中を見つめていると、不意に彼が私に振り返った。

「上遠野さんは、主にどのような案件をご担当されていらっしゃるんですか？」

歩幅を変え、私の隣にやってきた永井さんを動揺と共に見上げる。

「私は、主にご家族で楽しんでいただけるプランを担当しております。今の季節は、国内有名アミューズメントパークが利用できる、ダイナミックパッケージプランのご予約を多くいただいておりまして、弊社ならではの特典を付けられるように常々考えています。お客様から〝ATSを利用してよかった〟と言ってもらえるような企業に発展するよう、微力ながら頑張らせていただいておりまして……」

緊張のあまり、聞かれてないことまで色々話してしまったような気がする。

「そうですか。他社さんとの競合もあって大変でしょう。次回また弊社とコラボしていただけるなら、上遠野さんの企画も楽しみにしております」

「あ……ありがとうございます。恐縮です」

慌てふためきながらもできるだけ普通に話す私を、永井さんは余裕のある微笑みで見つめてくる。

「午後も頑張れよ。今日も気を付けて帰っておいで」

誰にも聞こえない小さな声で言い残した彼は、エレベーター前で先に待っていた他の社員のもとへと足を進めた。


永井さんが帰宅したのは二十一時半。

会議終わりにあんなことを言われたせいで、玄関のドアが開いた音がしただけで思わず立ち上がり、キッチンに逃げ込んでしまった。

「ただいま」

「おかえりなさい」

「ご飯なら食べてきちゃったよ?」

「連絡もらってたので大丈夫です。お酒飲みますか?」

ビールを出しておいてと言われ、リビングのテーブルにグラスと一緒に置いた。

えっと、あとはなにをしたら……。

「うろうろしてどうしたの？　おいで」

なにかしていないと落ち着かなくて、四十畳のリビングとキッチンの間を右往左往していると、シャツ姿になった彼が戻ってきて笑われてしまった。

今までは『おいで』と言われなくても隣に座っていたのに、今夜は意を決するような思いでソファに腰を下ろす。

「今日は初めてＡＴＳにお邪魔したけど、明るくていい会社だね。女性も活躍していて、社員同士の風通しもよさそうだ」

「ありがとうございます。褒めていただけて嬉しいです」

「社員たちが、会社が好きだって伝わったよ。起業した身としては、社員の愛社精神を感じると無条件に胸が熱くなる」

彼はグラスにビールを注いで間を取る。美しいフォルムの大きな手に見惚れていると、合わせられずにいた視線に気づかれてしまった。

「今日は花澄の新しい一面を知れてよかった」

彼はその手で私の髪を撫でてきて、一瞬にして頬が熱くなった。

「まさか、永井さんが来るとは思ってなかったので驚きました。企画の打ち合わせには、いつも出席するんですか？」

「稀にね。でも、今日は花澄に会えるかもしれないと思って特別に予定してたんだ」

Yシャツのボタンをふたつ開け、永井さんがビールを飲んで息をつく。

私に会うために予定してくれていたなんて言われたら、この生活が八月二十日を過ぎても続くんじゃないかと期待したくなる。

彼は今日も忙しくしていたんだろう。いつもは帰ってすぐにタブレットやパソコンで作業をすることもあるけれど、今夜は疲れている様子で大きく首を回してゆったりと寛いでいる。

私は立ち上がってソファの背面に回り、永井さんの両肩に手を置いてゆっくりと揉んだ。

「あぁ、気持ちいい」

「強さはどうですか?」

「いい感じ」

その後も、彼は「あぁ」と息を漏らし、ソファに背中をもたれている。

企業のトップともなれば、たくさんの社員やその家族の今と未来を守りながら、確実に利益を出して、より会社を大きくしていく責任と重圧がある。それに、大変という言葉では片付けられないくらいの苦労もあるはず。

私にできることがあるなら、彼のために力になりたいと思う。せっかく一緒に暮らしているんだから、家事はもっと完璧にこなせるようになりたいし、彼が少しでも仕事を忘れて寛げるような場所を作ってあげられたら、きっと喜んでくれるだろう。

肩を揉みながらそんなことを考えていると、不意に頭を後ろに倒した彼と目が合って、私はにこっと口角を上げた。

「もっと強くしますか？」

「肩揉みも気持ちいいけど、花澄がキスしてくれたら、疲れなんて一瞬で吹き飛ぶんだけどなぁ」

「……な、なに言ってるんですか、もう！」

揉んでいた肩を軽く叩いて冗談と流したのに、彼は腕を伸ばして私の頬に指先を添え、真剣な眼差しで見つめてくる。まっすぐな瞳に吸い寄せられるように導かれ、初めて自分から一度だけキスをしてしまった。

雰囲気にのまれたとはいえ、私からキスをするなんて……。きっと顔は真っ赤になってるだろうし、彼に笑われそうだ。『キスくらいでそんなに照れるの？』とか、からかい半分で。

キスをした直後、彼を見られずに視線を泳がせながら肩揉みを再開する。

「今日の打ち合わせの話、ちゃんと聞いてた?」

「……もちろんです!」

思い出すだけでドキドキしてしまう。打ち合わせに真剣に臨む彼が、予想以上に素敵だったから……。

「俺とあんなに見つめ合ってたのに?」

「そ、それは……永井さんが話をしていたから、目を向けただけで」

いたずらっ子のように笑う彼が私の手を取り、甲にキスをひとつ落とした。

「働いてる花澄も、すごくかわいかった」

思い出すような表情で話す彼を見ていられなくて、私は俯いて真っ赤な顔を隠した。

彼の言葉はどれも私の恋を加速させる。

いつでも優しくて甘やかしてくれる彼に、認めてもらえるような女性になりたい。

彼の今までの彼女の誰よりも愛されたい。

こんなに永井さんのことばかり考えていたら、秘めた気持ちを告げる前に気付かれてしまいそうだ。

八月を迎え、サンプリングマリッジも残すところ数日。

私は自分を変えるべく、社内で憧れている先輩女子の観察をしてみたり、エッセイなどを読んで考えを深めたり、何事も意識的にポジティブに捉えるよう心がけている。もちろん仕事も手を抜かず、トラベル・コーディネーターの養成講座を受けているところだ。

七瀬さんのような格好いい女性にはほど遠い気がするけれど、いちいち競争心を燃やしたり、不安に思ったりしないで、自分を認めて笑顔で過ごしていた方が、きっと永井さんも楽しく過ごしてくれるだろうと思うようになった。

「今週末、七瀬と打ち合わせで会うから」

「……分かりました。七瀬さんによろしくお伝えください」

夕食を食べ終え、まったりとした空気に包まれていた木曜の夜、彼が思い出したように予定を教えてくれた。

仕事だと分かっていても七瀬さんと会うなんて聞かされたら、やっぱり気になってしまう。

「何時くらいに出かけるんですか?」

「まだ決めてないけど、昼頃かな。適当に軽く食事しながら話すくらいだと思うよ」

聞いたところでどうしようもないのに知りたくなる。

いいなぁ。どんな理由でも永井さんと出かけられる七瀬さんが羨ましい。

私だってこうして毎日一緒に過ごしているし、デートだってしたことがあるのに、それでも羨んでしまう。彼を独占したい気持ちは日に日に強まるばかりだ。

シャワーを浴びてから自室のベッドにうつ伏せて、枕に顔を埋めた。

「やだ……会わないで」

本心を呟けるのは、ひとりになれる時だけ。

七瀬さんは素敵だし、私が知らない永井さんのこともよく知っている。それに、愛し合った時間が彼らにはあって……。

過去のことだとしても、一度気になり出したら止まらない。

仕事絡みなら仕方ないと言い聞かせても、会ってほしくないのが本音だ。彼に言えたら楽だけど、まだそれを口にする勇気はない。

サンプリングマリッジが終わるまでに、〝好き〟と伝える勇気は持てるのか不安でいっぱいだ。

ランチタイムは美紀と一緒のことが多い。今日はコンビニで買ったグラタンを休憩室で食べていると、彼女が最近通い始めた料理教室のことを話してくれた。

「そういえば、今日はデート？」

彼女に問いかけると、「最近知り合った人と会う」と返された。

私はというと、金曜だというのに永井さんと暮らすマンションに直帰するだけ。それだけでも十分幸せなのだろうけど、やっぱり彼とデートがしたい。終業後に予定がある人が羨ましいと思うようになったのは、永井さんを好きになってからだ。

「花澄も誰かと約束したらいいじゃん。っていうか、永井社長と連絡先を交換したらよかったんだって！　誰が聞いてもせっかくのチャンスだったのにって言うと思うよ？」

「……そうだけど」

何度咎められても事実は言えない。でも、恋愛相談には乗ってほしくて口ごもった。

「あ、あのね。友達から相談を受けてることがあって、どう答えてあげようか考えてるんだけど」

「うん、なに？」

すぐに話に乗ってくれた美紀に、自分の悩みをすり替えて打ち明けてみることにした。

「好きな人が元カノと会うって知っちゃったみたいで、引き止めたいんだって」

「よくあるパターンだけど、要するに妬いちゃってるんだね、その子」

ズバリ言い当てられ、「そうみたい」とだけ言ってグラタンを口に運ぶ。

本当は自分のことだと言ったら、相手はどんな人なのか口を割らなくちゃいけなくなる。深掘りされたら綻びを見つけられそうで、美紀の様子を窺った。

「私だったら、そういう時は勇気を出して引き止めるかなぁ」

「美紀は積極的だもんね」

「花澄だったら、どうするの？」

「うーん……引き止めるのって、気持ちが知られそうだから躊躇しちゃうと思う」

「その相手の人も、元カノと会うのをわざわざ言ってきたのなら、妬かせたいだけなのかもしれないよね。まぁ、人のことよりも花澄は彼氏見つけなよ」

「うん、そうだね」

永井さんはきっと、私が予定を言ってほしいと話したのを覚えていてくれただけだろう。彼はわざわざ妬かせるようなことを言って、私を試したりしないはず。

「そういえば、明日空いてる？　新しくできたパンケーキの店、予約が取れたんだけど行かない？」

美紀が思い出したように話題を変えてくれて助かった。これ以上の深掘りには対応しきれないと思っていたところだ。

「いいよ。後で待ち合わせ決めよう」

明日は土曜。つまり、永井さんと七瀬さんが会う日。

仕事の打ち合わせなのだから、『会わないで』とは言えないけれど、美紀みたいに勇気を出して、『できるだけ早く帰ってきて』くらいは言えたらいいのに。

表参道《おもてさんどう》にある流行りのパンケーキ屋の前には、予約できなかった人たちの長蛇の列ができている。

昨日約束した通り、ホイップクリームがたっぷり載った、分厚くてふわふわのパンケーキを美紀と頬張った。

「んー‼　幸せっ！」

甘いものを食べて笑顔になれるなんて、私も単純だなぁ。

「本当、スイーツってなんでこんなに幸せになれるんだろうね」

「あ！　いいこと思いついた！　ここの予約付きで東京観光プランってどうかな？」

私の思い付きに美紀も賛同してくれて、他にも人気のお店を二軒くらい追加して

〝スイーツ食べ歩きプラン〟もよさそうだと話が膨らむ。休みの日まで仕事のことを考えてしまうのは、お互い会社が好きだからだ。

隣の席には、幸せそうなカップルがいる。満席の店内を見渡せば、他にも楽しそうな恋人たちを見つけた。

今朝、永井さんはデートの時と同じくらいお洒落をして、車のキーを手に出かけていった。彼が身支度を整えている時から私の心の中はモヤモヤしていて……いくら甘くて美味しいパンケーキを食べたって、嫉妬は消えてくれない。

今頃、七瀬さんを助手席に乗せてるのかなぁ。私以外の誰も乗せてほしくないなんて我儘は、とても言えそうにない。

「花澄はさ、本当に嘘がつけないね。そこがいいところでもあるんだろうけど」

「なんの話？」

永井さんのことを考えていたらパンケーキを食べる手が止まっていて、美紀に話しかけられて取り繕う。

「昨日話してくれた相談のこと。あれって完全に花澄のことでしょ？　それで、今日あたりその人が元カノと会ってるから、さっきからぼんやりしてるんじゃないの？」

やっぱり慣れないことはするもんじゃないなぁ。彼女に「ごめん」と言って、正直に認めた。

「で、相手は？」

「……聞いて驚かない？」

「テレビに出るような有名人とかだったら、そりゃ驚かせてもらうけど」

うう、と口ごもり、フォークを皿に置いた。

口が裂けても誰にも言わないと約束してもらった上で、覚悟を決める。

「永井さんなの。この前会った、永井社長」

「えっ‼　まさかのイケメンＣＥＯ⁉」

驚いた美紀は目を大きく見開き、言葉を失っているようだ。

私と彼は不釣り合いだって思われたのかもしれない。彼がどれほどすごい人なのかも、私がいかに普通のＯＬなのかも、美紀はよく知っているはずだから。

「ねぇ、本当はこの前の合コンの後、永井さんとなにかあった？」

「っ……‼」

なにか、どころじゃない。合コンの前から一緒に住んでいるし、キスだって済ませてしまった。抱きしめられたり、デートもしたり……。

「まぁ、これ以上は追及しないでおいてあげる。永井さんなら花澄を幸せにしてくれそうだし、結構お似合いだと思うし」

　ふと思い出したような表情で私を見た彼女は、アイスティーをひと口飲んだ。

「えっ、本当に？　そう思う？」

　途端に心の霧が晴れていく。そうだったらいいなと思っていたことが、他人の口から告げられると真実味を帯びるからだ。

「だって、この前の合コンでほろ酔いの玉田さんが絡んできた時、永井さんが自然に花澄のフォローしてくれてたでしょ？　それに、永井さんは途中からずっと花澄の隣から動かないし、最後まで楽しそうに話してたじゃん。……本当にあれは羨ましかったなぁ。彼の微笑みを独占できるだけで、幸せな気持ちになれそうだと思ったもん。まず、見た目が百点以上だしね」

「そうなの！　永井さんって不意に笑うとちょっとかわいい時があって、でもいつもはキリッとしてるし、スーツ姿もすっごく格好よくて……それに性格も穏やかで優しいし」

　私が常日頃感じていることに共感してもらえたと思ったら、今まで秘めていた想いが爆発してしまって、彼女に「惚気《のろけ》なくていいから」と冷やかされてしまった。

「それに、最後はふたりで抜け出したりしてさ。あれって永井さんから誘われたんでしょ？　だとしたら完全に脈アリだと思うよ。元カノの話をしてくれるほどの仲なら、ためらってないでぶつかってみたらいいのに」

随分前に告白されているなんて言えないけれど、楽しそうに話す彼女に元気づけられて、落ち込んでいた気持ちがちょっとだけ救われた。


とはいえ、現実はそう甘くない。

美紀と夕食も一緒に済ませ、帰宅したのは二十時を回った頃。すっかり夜景が支配した窓からの景色は、広い部屋にひとりぼっちでいる寂しさを植えつけてくる。

今頃、永井さんはどこにいるんだろう。食事の時間だから、ムードのあるレストランで楽しく過ごしてるのかな。七瀬さんはシェフだし、口に合うようなお店選びをするのは大変そうだけど、永井さんだったら、なんてことなくこなしちゃうんだろうなぁ。私にしてくれたみたいに、腕を貸してエスコートしたりするのかもしれない。

……嫌だなぁ。彼のすべてを独占したいのに、想いを伝えられずにいるのがじれったい。

私がもっと彼の隣が似合う女性だったらよかったのに。

深夜になっても帰ってくる様子はなく、かといって、何時になるのかと連絡を取るのも気が引けて、寝支度を整えることにした。

バスタブに張った乳白色のお湯に浸かりながら、洋画のＤＶＤを浴室用テレビで見る。

今までならストーリーにのめり込んで感情移入できたのに、今夜は永井さんのことばかり考えてしまう。キスシーンを見れば、彼にされたキスばかりが浮かんでくるし、デートをしている場面になると、リムジンに乗せてもらってデートしたことや、一流ホテルのスイートルームに泊まったことを思い出す。

そして、今は七瀬さんとどんな時間を過ごしているのか気になって仕方なくて……。のぼせないうちに上がって、日付が変わる前にベッドに入った。

今日に限って、彼はなにも連絡をくれない。仕事の話をしていれば長くなってしまうのも分からなくはないけれど、少しくらいは私のことを考えてほしいと願ってしまう。

『俺のことだけ考えて』って言ったのは永井さんなのに、彼は私のことをどれくらい考えてくれてるんだろう。

深夜一時を回った頃、彼の帰宅を待ちきれず、先に寝ついた。

だけど、眠りが浅かったのか、寝ているはずなのに起きているような感覚で、ふと目が覚めてしまった。

「ごめん、起こしちゃった？」

ちょうど永井さんが私の部屋に入ってきたところで、小さく点けていた明かりの下に彼の姿が浮かんで見える。

私は夢の中にいるようなまどろんだ瞳で彼を見つめ、わずかに首を振って答えた。

「いつ帰ってきたんですか？」

「三十分くらい前かな」

「……今、何時ですか？」

「二時過ぎ」

私が寝ついて少し経った頃に帰宅したようだ。もう少し起きてたらよかったなぁ。

そんなことを考えていると、彼はおもむろに私の髪を撫でた。

「おやすみの連絡、今日はどうしてくれなかったの？」

「お仕事の邪魔になると思って……」

それに、何時に帰ってくるの？って急かしてしまいそうだったし、どこでなにをしてるのか知りたくなってしまうと思ったから。

「連絡、待ってたんだよ」

「……私は、永井さんが連絡してきてくれないかなって」

仄かな明るさに慣れた私の瞳に、穏やかな微笑みが映った。

「分かった。今度から俺も連絡するから……だから、心配させないで」

「心配してくれてたんですか？」

「同僚と遊んでくるって聞かされてたけど、相手が男か女かも分からなかったし、夜になっても連絡がないからデートかもしれないって思ってたんだよ。それで、俺もなんとなく連絡は控えてた」

「この前の合コンにいた美紀と会ってたんです。表参道でパンケーキを食べて、それから街を歩いて、夜も一緒にご飯を食べて……二十時過ぎには帰ってきてましたよ」

あらぬ疑いに、上半身を起こして必死で訴える。

永井さん以外の人とデートをするなんて、今の私には考えられないのに。

「そっか。よかった……」

心底ホッとした様子で力の抜けた笑みを浮かべた彼は、ベッドの上に片肘をつき、額を支えるようにしてうなだれた。

「私だって、七瀬さんと仲よくしてるんだろうなって思ってたから……連絡なんてできなかったし、早く帰ってきてくれないかなって……っ!?」

不意にぐらついた上体がベッドに戻され、永井さんが私の腕を掴んで馬乗りになり、黙って見下ろしてくる。

「そういうこと言うんだ？　ずるいな、花澄は」

「えっと、あの……」

「俺の気持ちを知ってて、振り回すつもり？」

「ち、違っ……そうじゃなくて、本当に永井さんがどこにいるのかなって気になってただけで」

彼が眉根に少しだけ皺を寄せて、私を見つめている。

「うちの会社の応援で打ち合わせてから、七瀬が仕事のためにリサーチしたいっていうレストランに行ってきた。それで彼女の自宅の前まで送ったけど、話が盛り上がってしばらく車の中で話してたんだよ」

こんな遅くまでふたりきりでいたの？　車の中で楽しく話すだけだったの？

「楽しかったですか？」

「うん、まぁそれなりに。有意義な時間ではあったけど」

「……ずっと車内にいたの？」

いる。

「そうだよ」

永井さんの髪に手を伸ばすと、帰宅後にシャワーを浴びたようで、髪の毛が湿っている。

「なに？　今日はやけに疑ってかかるね」

「………………」

私を見下ろす彼の視線から逃れられない。じっと見つめられると、吸い込まれそうだ。

私を守ってくれる誠実で頼りがいのあるところと、誠実な人柄に惹かれて、いつの間にか恋が始まってて……。声色も温もりも、匂いも柔らかい唇も、なにもかも好きになってしまったから、独占欲に突き動かされるまま、いつも以上に妬いてしまう。

「……俺と七瀬が一緒にいるのが、そんなに嫌だったんだ？」

言い当てられた本心を隠せるほど、私は器用じゃない。美紀に相談したのだって、あっさりバレてしまったくらいだ。

ふたりきりの部屋、ベッドの中は特別な空間。

連絡を待ちながら、早く帰ってきてくれたらいいと思ってたなんて、どうして言っちゃったんだろう。でも、言わずにいられないくらい、彼を想う気持ちが募ってしまう。

「花澄のヤキモチは大歓迎だって言っただろ？　俺はどんなに妬かれても、面倒だとか重たいなんて思ったりしないから、正直に言って」

昨日の昼間、〝思い切ってぶつかってみたらいい〟と、美紀に言われたのを思い出した。

サンプリングマリッジが終わるまであと数日。後悔だけはしたくないな……。

「永井さん」

「なに？」

「……私と、デートしてくれますか？」

「どんなデートがいいですか？　お姫様」

一瞬にして楽しいムードに変えてくれた彼につられて、私まで笑顔になってしまう。

彼は隣に横たわり、照れている私を見て楽しそうにした。

「……一緒にいたい、です」

「デートなんだから、一緒にいるのは当たり前でしょ？」

彼が私の願いを笑いながらもギュッと抱きしめてくれて、この上ない幸せな気持ちになる。彼の背に回した両手にありったけの〝好き〟を込めた。

「花澄」

「なぁに？」

「食べてもいい？」

耳元で囁かれて体温が一気に上昇する。

それに気付いたのか、彼は耳に小さくキスをしてから何度も唇を食み、もう一度抱きしめてくれた。


翌朝、目が覚めてすぐに昨夜の出来事を思い出し、恥ずかしくなる。

隣で眠っている彼は、強く抱きしめてキスをしてくれた。私がデートをしたいと言ったことも、きっと覚えてくれているはず。

「ん……おはよ」

「っ‼」

寝ぼけているのか、彼はとろんとした眼差しを向け、突然私を抱きしめてきた。パジャマ越しの背中をやわやわと探るような手つきで探られ、少しくすぐったくて身を捩《よじ》ってしまう。

「おはよう、ございます……」

「眠れた？」

「はい」

「……そう。俺はちょっと寝不足だけど」

彼は、いつもキングサイズのベッドで悠々と休んでいるから、ダブルベッドに添い寝したのでは狭かっただろう。それに、長い脚を伸ばせなくて窮屈だったはず。

「後で起こすので、ここでよければ眠り直してください」

「なんでそんな意地悪言うかな」

ベッドの中で私を抱きしめたまま、彼が切なそうにする。

「花澄といたいのに、ひとりにさせる気？」

「だって、寝不足って……」

私がそう言うと、彼は小さくため息をついた。

「理性を保ってひと晩明かせば、寝不足にもなるよ」

り、理性って……。〝食べてもいい？〟と言われたのを思い出し、頬が熱くなっていく。

私がなにか言おうとする前に彼はベッドから下り、大欠伸をしながら部屋を出ていってしまった。

気遣いが足りなかったかもしれないと気付き、後を追う。朝まで抱きしめられながら眠れて幸せだったのは私だけで、彼にとってはどうだったかなんて気にしなかった。

「部屋で寝てくる。あと一時間したら、キスで起こして」

「はい、分かりました！」

って、あれ？　今なんて……。キスで起こしてって、言われたよね⁉

自室に戻り、枕をかかえてごろんごろんとベッドの上を往復し、彼が使っていた枕に頬を寄せる。

好きな人をキスで起こした経験なんて一度もない。綺麗な寝顔の彼にキスをする想像をして頬を緩めているうちに、一時間が経っていた。

もしかしたら、先に起きて着替えていたりするかもしれないと思い、念のためドアを小さくノックする。

「入りますね……」

そっと開けたドアの先に、一度だけ入ってしまった彼の部屋が広がっている。

昨日穿いていたデニムがデスクチェアの背にかけられていて、小銭入れとマネークリップに挟まれたお札、艶黒のクレジットカードがデスクに置かれているのが見えた。

部屋の奥にあるキングサイズのベッドに、彼が寝相よく横たわっている。深く眠っているようで、私が近づいても目覚める様子がない。

「永井さん」

ベッドサイドで声をかけても無反応だ。もしかしたら本当に一睡もしていないのではと気がかりになる。

だとしたら、今日はゆっくり休ませてあげた方がいいのかなぁ。

「永井さん、一時間経ちましたよ」

控えめにもう一度声をかけると、気だるそうに眉間にうっすら皺を寄せてから、彼はゆっくりまぶたを開けた。

「キスで起こしてって言ったのに……」

そう言うと、彼は私の腕を取り、強引にベッドに引きずり込んだ。

永井さんの温もりで満ちたタオルケットの中、抱きしめられながら彼を見上げる。

「……起きましたか？」

「まだ眠い」

ぐるんと反転させられた私は、彼の上に身体を横たえ、抱きしめ直された。

「キスして。今日、デートするんだろ？」

自分から誘ったことを思い出すだけで赤面してしまう。私の顔を見た彼は口角をゆったりと持ち上げて微笑んだ。

「……もう起きてるくせに」

「キスしてくれないと、デートしないよ。早く、ほら」

我儘な子供のように駄々をこねた彼はまぶたを下ろし、形のいい唇を閉じた。

まるで私が彼を襲おうとしているようでドキドキして、喉が小さく鳴る。

昨夜の彼を真似て枕の横に手をつき、少しずつ距離を縮めてみるけれど、普段身体を鍛えていないせいで、二の腕の筋肉が小刻みに震えてきた。

「わっ‼」

「っ⁉」

耐えきれず肘が折れ、突然抱きつかれた彼も驚いている。

「ご、ごめんなさい」

すぐに離れるつもりだったのに、そのまま抱きしめられて動けなくなってしまった。

「キスの仕方、分かんないなら教えてあげる」

耳元で囁かれ、重ねられた唇は角度を変えて、求めるように食む。室内に響くキスの音がとても甘ったるくて、次第に私の唇がとろけるように熱を持った。

ふと目を開けると、朝の陽光を少しだけ浴びた彼に艶っぽく見つめられていた。

「罠《わな》にかけてごめんな。怒った？」

困らせてみようと思って一度だけ頷くと、彼は私のうなじを優しく掴んで再びキスをする。その合間に視線が絡むと、目を細めて微笑んでくれた。

「許してよ。花澄とキスしたかっただけなんだから」

それだけできゅんと鳴ってしまった胸が鼓動を速める。彼から離れようとしても、いつの間にか手を繋がれていて、退路を失ってしまった。

それから、どれくらい時間が経っただろう。彼のベッドの中で抱きしめられながら何度もキスをしていたら、サイドテーブルのデジタル時計が十時前を表示していることに気付いた。

「永井さん、もう十時になっちゃう」

「そろそろ起きるか。俺はこのままでもいいけど、お姫様はそうもいかないだろうし」

彼が腕の力を緩めて起き上がり、私の頭に手のひらを置いてからベッドを下りた。

昨夜、私からデートに誘った時に言われた〝お姫様〟という言葉をわざと繰り返されて恥ずかしくなる。

私も心の中では、このままでもいいと思ってしまったけれど、ずっとキスをされていたら……本当に私の唇がとろけてしまう気がする。

こんなに甘い朝を過ごしたら、私の感情なんて見透かされているかもしれない。キスを受け入れるのも、彼のベッドで過ごすのも、特別な気持ちがあるからだって気付かれていそうだ。


「まずはランチに行こう。その後は花澄の行きたいところ、どこでも連れていくよ」

身支度を整えてリビングに向かうと、先に出かける準備を済ませてテレビを見ていた彼がそう言った。

地下駐車場に停めてある彼の愛車に乗り、マンションを出た。

でも、今日の助手席は居心地があまりよくない。さっきまであんなに仲よく過ごしていたのに、昨日はここに七瀬さんを乗せていたのだと思い出したら、どうしても妬いてしまうのだ。

「だんまりしてどうした？　今日はあまり話したくない気分なの？」

彼はどんな気分なのかと思うと、どうしても言葉少なになってしまう。七瀬さんの次に私を乗せるのに、躊躇したりしないのかな。

「昨日のこと、まだ怒ってるの？」

「怒ってません」

余裕を感じさせる彼の表情に合わせ、顔には出さないように気を付ける。

助手席に七瀬さんが座ったくらいで機嫌を損ねているなんて、大人げないと思われそうだし、仕事の話をするために会っただけだって頭では分かっていて……。

「怒ってたんじゃなくて、妬いてくれたんだったね。間違えた」

わざと言い直した彼にムッとした視線を向けると、正面を向いていた彼が私を一瞥した。

「っ……そう、ですけど」

七瀬さんと過ごしてきた時間の方が、圧倒的に私よりも長いのは分かってる。いくら私が妬いたってその事実は変えられないし、今のふたりはビジネスパートナーだと話してくれた彼を疑いたくもない。

こんな気持ちにならないように、自分を認めて笑顔で過ごしたいのに……。


しばらくして車が停まると、見覚えのある景色があった。彼が連れてきてくれたのは、七瀬さんのレストランだ。

どうして今日に限ってこの店なのかと不思議に思っていたら、シートベルトを外した彼が柔らかな眼差しで見つめてきた。

「花澄が七瀬の存在を気にしてるから、仕事以外で会うことはないって、ちゃんと証明させてほしいんだ。だから、今日はちょっとだけ付き合ってくれる?」

車内で連れてきたわけを話してくれた彼は、先に車を降りて助手席のドアを開け、エスコートしてくれた。

前と同じように、入口でスタッフに出迎えられて店内を進む。そして、案内された席に座るとすぐに七瀬さんがやってきた。

「昨日はお世話様」

「本当だよ、飲みすぎ」

「誰のせいで悪酔いしたと思ってるのよ」

彼をちらりと見るも、ふたりの会話には入り込めそうにない。

仕事とはいえ、七瀬さんが酔うまで飲むなんて、やっぱりすごく楽しかったんだろうな……。

「花澄さんも、ごゆっくりしていってくださいね」

「ありがとうございます」

嫉妬なんてしたくないのに、今にも心から溢れそうなほど満ちていた。

食事を終えると、永井さんの社用携帯が鳴って、彼は席を外した。

休日でも忙しいのに、私のために時間を割いてデートをしてくれているのだと思ったら、へそを曲げているのがもったいないと思う。

彼が信じられないわけでもなく、ただ自分の魅力が及ばないだけ。七瀬さんの方がふさわしいような気がしてならないのも、私よりも長く彼と過ごしてきたからで、比べたって無駄だって分かってるのに……。

「本日のデザートをメニューからお選びください。それから、こちらはサービスです」

ジャスミンティーが入ったガラスのティーポットを、七瀬さんがテーブルに置いた。

「花澄さんはジャスミンティーが好きだって、海都が昨日話していたから」

七瀬さんは、私と目を合わせると優しく微笑んでくれた。

「永井さんは私のことを話しているんですか？」

「……彼からなにも聞いてないのね」

彼女は、ポケットから小さな砂時計をテーブルの片隅に置き、少しずつ色づいてきたジャスミンティーの飲み頃を計っている。

なにも聞かされていない私をけん制しているように感じて、負けたくないと思った。

彼は〝もうなにもない〟って言ってたけど、やっぱり七瀬さんは今でも彼のことが……。

「私は、七瀬さんみたいに彼と釣り合う素敵な人にはなれないかもしれないけど、それでも……彼が好きです」

はっきりと告げる私の両手は自然と拳になって、手のひらに爪の跡がくっきりとつく。

「出会って少ししか経ってないし、七瀬さんに比べたら彼のことをなにも分かってないと思います。でも、釣り合わないなんて言われたくなくて……」

震えた声では、弱々しく思われるかもしれない。だけど、テーブルの横に立つ彼女をまっすぐに見つめて打ち明けたら、それほど永井さんのことが好きなんだって、より強く自覚した。

「私も海都が好きよ」

「っ‼」

やっぱりそうだったんだ……。もしかしたらって予想はできていたのに、本人から言われると動揺は隠せなかった。

「だけど、それはひとりの人として。彼への恋愛感情なんて随分前に消えたし、私はシェフになる夢を選んだんだから、今さらどうにかしようとも思わないわ」

もし私だったら、七瀬さんのようにお互いの道を進むための潔い別れを選べないだろう。だからこそ、彼にふさわしい女性像に少しでも近づくため、こうして自分なりに日々努力をしていて……。

「それに、私には結婚を決めた相手がいて、一緒に暮らしてるの」

「えっ⁉」

彼女は、コックコートの首元からネックレスを引き出し、ペンダントトップのようにつけた指輪を見せてくれた。

予想外の告白に驚いていると、彼女は表情を崩して微笑んだ。

「昨日は仕事の話もしたけど、彼がことあるごとにあなたのことばかり話して、惚気っぱなしだったから、当てられちゃって飲みすぎたの」

七瀬さんが酔ってしまったのも、彼が自宅まで送ったのも、私の話をしてくれてたから……？　考えもしなかった事実に、言葉を失ってしまった。

「それに、海都はあなたのことは絶対に離さないだろうなって分かる」

七瀬さんは、ティーポットと一緒に置かれていた砂時計をポケットにしまうと、ガラスのカップにジャスミンティーを注いでくれた。

「どうしてですか？」

「今の海都は、夢や目標のためになにかを犠牲にするような人じゃないからよ。具体的には上手く言葉にできないけど、自分のためにも相手のためにも、もちろん会社のためにも、すべてを守るって決意が伝わってくるの」

私は今の永井さんしか知らないけれど、彼の決意なら一緒にいて感じるものがある。それに、守ると決めたなら、迷うことなく正面切って盾になれる勇敢な人だ。

「海都は優しくて誠実だから、性別問わず人が寄ってくるし、私が付き合っていた頃は交際を申し込む人だって後を絶たなかった。浮気をするような人じゃないって分かっていても、耐えられなかった。それに、疑ってしまう自分にも自信が持てなくて、嫌気が差したこともあるわ。夢のために別れを選んだけど、その理由が百パーセントじゃなかったの。彼との関係を続ける自信がなかった自分に負けただけ。だから、花澄さんに羨んでもらえるような人間でもないんです」

七瀬さんはふと昔を思い出して、懐かしむような笑顔を見せた。

彼女にも、私と同じような気持ちでいた過去があったなんて意外だった。

永井さんに恋を自覚してから、頭では分かっていても心は思い通りにならなくなった。ただでさえ恋愛経験が少ないせいで、不器用に妬いてばかりで……。

だけど、それは七瀬さんが自分の知らない永井さんを知っているのが、とても羨ましかっただけなんだと気付かされた。

「海都が好きなのは、自分を肩書で判断せず、ひとりの男性として一途に想ってくれて、何事にも一生懸命になれる芯のある人なの。実際、あなたと出会ってからというもの、仕事の活力になっているみたいだし、なにがあっても手放したくない相手なんだと思うわ。だから……あなたのことをよく知らないのに、また彼の表面的なところを見て近づいてきたのかと思ってしまって……。彼の仕事の邪魔をしてほしくなかっただけなんです。この前は不釣り合いだなんて言ってしまって、大変失礼しました」

申し訳なさそうな彼女は、初めて会った時のような刺々しさを感じない。

私も、敵対するような態度を取ってしまっていたことを申し訳なく思う。

「……私は、七瀬さんみたいに自分の足で立っている強さのある女性が、彼の隣にいるべきなんだろうなって思っていたんです。過去を気にしても仕方ないのに、心の中で羨んだりして……彼にも七瀬さんにも悪いことをしたなって思ってます」

互いに謝ったところで、永井さんの姿が入口の方に見えた。

「彼なら、間違いなくあなたを幸せにしてくれるわ。それに、ふたりはとってもお似合いだと思います」

七瀬さんから、なににも代えがたい勇気をもらえたようで、私もやっと笑顔を返すことができた。彼女は「頑張って」と言い残し、他の席で食事をしている客に挨拶をしながら戻っていった。

「ごめん、長く外しちゃって」

「大丈夫だったんですか？」

「まぁいつものことだよ。休みがあるようでないから慣れっこだし、電話で済んだからいい方だ」

柔らかく微笑む彼に、きゅんと胸の奥が鳴り響く。

今まで私がどれだけ妬いても、自分と七瀬さんを比べても、永井さんの微笑みは変わらなかった。誠実で温かくて……。

すっかり機嫌が直って笑みを返す私に、彼は少し不思議そうな顔をしたけど、ジャスミンティーがあることに気付いたようだ。

「七瀬と話したの？」

「はい。婚約されているって聞きました」

スタッフが淹れ直してくれたコーヒーをひと口啜《すす》った彼は、ふっと笑みを浮かべる。

「そうか……俺が言おうと思ったのに、先を越されたなぁ」

「それから、昨日は永井さんが私の話ばかりしてくれてたって、教えてくれましたよ」

「七瀬がそこまで話すとは思わなかったな……」

コーヒーカップの持ち手に指をかけていた彼は、きまり悪そうに窓の外の景色に視線を泳がせてしまった。

ほどなくデザートが運ばれてきて、目にも鮮やかな色のカシスとピスタチオのムースを口に運んだ。とても美味しくて笑みをこぼすと、永井さんは陽だまりのような眼差しで見つめてくる。

「ここを出たら、どこか行きたいところはある？」

「お買い物がしたいです。あ、でも永井さんが嫌じゃなければですけど」

「お姫様を守るのが俺の役目ですから、なんなりと」

彼はテーブルの向こうから手を伸ばし、私の髪を撫でて微笑んでくれた。


七瀬さんのお店を後にして、彼は大通りに車を走らせる。

「それにしても、本当に女性って分かんないね。花澄にも振り回されっぱなしだし、七瀬もなにを考えてるのか今でも分からないところがあるし」

「そんなに難しくもないですよ」

「そう？」

困ったように眉尻を下げて話す彼は、大きくて綺麗な手でハンドルを握り、国道に車を走らせた。

数分すると、昨日美紀と来た表参道にあるパンケーキ店の前を通り過ぎ、コインパーキングに車が停められた。

「足元、気を付けて」

車を降りてすぐ、永井さんが差し出してくれた手のひらにためらいなく手を置くと、身体中がむずむずするくらい嬉しくて、思わず笑みがこぼれる。

「花澄が笑ってくれると、本当に幸せな気分になるよ」

そう言ってから、私の手を引いて歩く永井さんの横顔に見惚れてしまう。

穏やかで、でも凛々しくて……こんなに素敵な人が私を選んでくれているなんて、やっぱり夢のようだ。

通りすがる女性たちが、彼の端麗な容姿に目を奪われ息をのむ。永井ホールディングスのCEOと気付いた人は、まるで有名人を見るような目を向けてきた。

「永井さん、やっぱり手は繋がない方がいいかと……」

「どうして？」

「だって、目立ってるみたいで恥ずかしいです」

「俺と歩くのがそんなに嫌？」

そうじゃないと首を振って見上げると、彼はにこっと口角を上げて微笑んだ。

「ちゃんと俺が守るから、安心してついておいで」

「はい」

彼は、私の手をしっかりと包み込んでくれた。彼に守られている気持ちになるのは、変わらない温もりを感じるからだろう。

いつかは、私も彼を守れるような存在になりたい。こうして一緒にいると甘やかされてばかりだけど……これから先、多少のことでは揺るがない強い自分になりたい。そして、彼を支えられたらと思う。

サンプリングマリッジの最後の日、八月二十日を過ぎても彼の隣にいられたらいいのに――。

「どの店に行きたいの？」

「雑誌で見たお店に行ってみたくて……信号の向こうにある、あの青い看板の」

信号が変わるのを待つ間に彼を見上げると、八月の日差しのような熱い視線が返されて、胸の奥が焦げてしまいそうになる。

「っ‼」

微笑みと共にキスが舞い降りてきて、時間が一瞬止まったようで……。

唇が離れた感触にゆっくり目を開けると、彼はいたずらっ子のような笑顔でまたキスをしてきた。

「そ、そういうの、ずるいって言うんですよ！」

「そうなの？」

彼は公衆の視線をまったく気にすることなく、とても嬉しそうに私の手を引いて横断歩道を渡っていく。

時々、私を優しく見下ろして様子を窺いながら。

永遠の愛を誓って

「花澄、その服すごく似合ってる！」

出勤するなり、美紀は私が着てきた花柄のノースリーブワンピースに目を留めた。

実はこの前、青山《あおやま》でデートをしていた時、二軒目に入ったセレクトショップで買ってもらってしまったのだ。永井さんが行きつけにしているその店は、私には手の届かないハイブランドばかりで普段は見ることもないのだけど、このワンピースを眺めていた私に、彼が気付いていたらしくて……。

「どこの？」

当たり障りなくかわそうと思っていたのに、背中にあるブランド名のタグを彼女が見てしまった。

「あのね、これはっ……」

「こんなハイブランドの服、誰に買ってもらったの？　……まさか永井さん⁉」

頷いて答えると、彼女は「いいなぁ」と羨んだ。

「でも、永井さんと付き合うのって大変そうだよね。ライバルが多そうだし、いつも心配しちゃって気が休まらなそうだもん。花澄ならきっと上手くやれると思うけどね。頑張って！」

「ありがとう」と言いつつも、まだ付き合ってはいないんだよねぇ、と心の中でこぼした。

サンプリングマリッジが終わるまであと少ししか時間がないのに、どうしても想いを言葉にして伝えられないまま。

永井さんのことは信じているし、私の気持ちは迷うことなく彼だけに向いている。だけど、こんなにも大切にしてくれる人に気持ちを告げるのが、とても恥ずかしくて……。

仕事中も、彼がプレゼントしてくれたワンピースが目に入るたびに、身体中が〝好き〟でいっぱいになっていくようで、いつもよりもずっと幸せな気持ちで過ごした。

【今日、一緒にディナーでもどうかな。仕事が忙しかったら無理しないで】

十六時。部に備え付けられている冷蔵庫から、買っておいたジャスミンティーを出して自席に戻ると、永井さんからメッセージが届いた。

サンプリングマリッジのアプリは、今となっては日記をつけるだけのツールになり、お互いプライベートの連絡先でやり取りをしている。

【楽しみにしてます。私は十八時くらいには終わると思いますが、永井さんこそ忙しいのに大丈夫ですか？】

【おかげ様で今日もそれなりに忙しいけど、九条を迎えに出すから会社においで】

九条さんのお迎えは気が引ける。朝送ってもらうのも、申し訳なくて遠慮してるし……。

【自分で行きます。正面から入っていいですか？】

【お願いだから九条の車で来て。絶対だよ】

そこまで言われたら、さすがに従おうと思った。だけど、どうして私のために九条さんの迎えをわざわざ出してくれるのか、毎回不思議でならない。

十八時を過ぎ、業務を滞りなく終えて席を立った。

各階にあるパウダールームでメイクを直し、ハーフアップの髪を直す。

永井さんが連れていってくれるのは高級なお店ばかりだから、今夜も私にとっては贅沢なディナーになるはず。でも、今日着ているワンピースなら、きっと浮いたりしないで済むと思う。

「お足元にお気を付けください」

社を後にして裏手の道を少し進んだところに、誰もが振り向くほど重厚ないつもの黒のセダンが停まっていて、九条さんが白い手袋をしたまま私をエスコートする。

「大丈夫です。自分で乗りますよ」

「いいえ、そういうわけには」

「……永井さんですか？」

答えの予想はついていたものの、その通りと言わんばかりの笑顔が返された。

「上遠野様を無事にお送りするのが、私の仕事ですのでどうかご理解ください」

「……あの、どうして永井さんはこんなに色々してくださるんでしょう？」

驚いた様子で、運転席の九条さんがバックミラー越しに私を見る。でもその瞳はすぐに細められ、彼は小さく笑った。

「それは、社長の大切なお方だからです。といっても、プライベートはあまり存じ上げませんが……。今は、仕事と私生活の境があまりないように見えます」

「私、お仕事の邪魔をしているんじゃないかと思う時があるんです」

ただでさえ多忙な人だ。サンプリングマリッジを始める前から、ずっと忙しい毎日を過ごしてきたに違いないのに、私と一緒にいるせいで貴重なプライベートの時間や息抜きのタイミングを削ってしまっているような気がして……。

「それはないと思いますが、気になるのでしたらご本人にお聞きになった方がいいですよ。社長は誠実な方ですから、上遠野様が知りたいとおっしゃれば喜んでお話になられるかと」

含みを持たせた九条さんの口調に、私は首を傾げるばかりだった。

永井さんの会社に到着すると、今までのようにビルの端に設けられた坂道を下ることなく、正面の車寄せにセダンが停まった。

「今日は地下からじゃなくていいんですか？」

「ええ、本日からはこちらより入るようにとの指示ですので」

九条さんが丁寧に私を車から降ろす。

その指示の意図が分からないままだけど、気になることは本人に聞いた方がいいと九条さんに言われたばかりだ。

永井ホールディングスの正面にある車寄せには、ホテルのように黒塗りのハイヤーが数台停まっている。大きなガラス扉が左右に開き、一歩踏み入れたエントランスホールには客人が座れるソファがいくつも並んでいた。

受付の女性が三人、九条さんを見つけるなり身体を向けた。

「お疲れ様です。社長室へお連れしますので、入館証の交付をお願いします」

「失礼ですが、お名前と御社名の入った名刺をご提示いただけますでしょうか」

受付の女性に言われて、私はバッグに入れているカードケースを出そうとしたけれど、すぐに九条さんに不要と言われた。

「社長の大切なお方ですので、このままご案内ください」

彼がそう告げると、受付の三人は揃って驚いた顔を見せ、私に入館証を渡した。

高層階まで一気にエレベーターが上昇していく。乗り合わせた男性社員は、九条さんを見るなり会釈をしてきて、緊張した面持ちだ。

九条さんも身長が高くてスタイルがいいし、歩く姿勢がとても綺麗だ。それに言葉遣いや身のこなしが丁寧で、育ちのよさを感じる。なによりも、秘書として絶大な信頼を得ているのが分かる。

「あの……」

密室で話しかけるのは気が引けるけど、どうしても永井さんに会う前に確認したいことがある。

「はい、なんでしょうか」

「本当にお邪魔ではないのでしょうか」

「大丈夫です。むしろ……あぁ、これ以上は口止めされておりますのでご勘弁を」

またしても、もったいぶった物言いをした九条さんの背中をちらりと見遣る。

しばらくして乗り合わせた男性社員が降りていき、数秒後に社長室がある最上階に到着した。

「失礼いたします」

九条さんは軽く握った手の甲で二回ノックしてから、厳かさを感じる大きなドアをゆっくり開ける。

「上遠野様をお連れいたしました」

「ありがとう、助かったよ。それから、明日ロールスロイスのリムジンを手配してもらえますか？」

「かしこまりました」

九条さんは社長室を出る間際、私と目を合わせて小さく微笑んでいった。気になっていることがあるなら聞くようにと言われたようで、なんだか気恥ずかしい。

永井さんを前にしたら、九条さんにはすんなり尋ねられたことも言いにくくなってしまう。彼が返してくれる言葉がいつも甘くて、胸の奥で鼓動が鳴る覚悟をしておかないといけないからだ。

「あー、やっと会えた」

永井さんはふたりきりになると表情を緩めた。

「今朝も一緒にいましたよ？」

「でも、その後はお互い仕事で別々だった」

ゆっくりとハイバックの椅子から立ち上がると、デスクの反対側に立っている私のもとへやってきた。

「会いたかったんだ。すごく」

分かって、と言うと、彼は私を抱きしめる。腕の中に包まれたら、すぐに幸せな気持ちになった。

「連絡をもらえて嬉しかったです」

「買った服を着てるのを今朝見た時、絶対にデートするって決めてたから」

「そうなんですか？」

「うん」

顔は見えなくても、彼がとても優しい表情をしているのは想像がつく。

思い返せば、本当に機嫌が悪そうにしていたのは、サンプリングマリッジを始めた当日くらいだったような……。

「そんなかわいい格好で、他の男の目に晒されるのを想像したら耐えられなくて」

「えっ⁉」

「会社の男に告白されなかった？」

予想もしていなかったことを聞かれて、驚いた私は彼の腕の中で距離を取った。

「そんなこと、入社してから一度もありません」

「本当に⁉」

「はい。それに、今は……」

見上げた先にある瞳に見透かされそうなほど、彼に恋をしてしまったから……。

「永井さんのことが、もっと知りたいんです」

本当は、秘めている想いを告げようと思ったのに、勇気が出なくて言い淀んでしまった。

だけど、彼はそんなことを言われたのが意外だったようで、目尻をくしゃくしゃにして微笑み、私の額にキスをひとつくれた。

「今からたくさん教えてあげる」

「じゃあ、わざわざ九条さんに迎えを頼まれるのは、どうしてですか？」

「それは、花澄を他の男から守るため。こんなにかわいい女の子は、きっとすぐに声をかけられるだろうから」

「服をプレゼントしてくれたり、知り合って間もない私を甘えさせてくれるのは？」

「あははは、そんなに難しく考えないで」

「だって」

「花澄を笑顔にしたいと思ってるだけだよ」

見計らったように彼の携帯がデスクで鳴って、名残惜しそうに彼は私を離した。

「永井ホールディングス、永井でございます。——ええ、その予定で伺っております。……副社長こそ、どうぞお気遣いなく」

言いかけてやめてしまった〝好き〟が喉元に残ったままで、また歯がゆくなった。

永井さんの気持ちは信じられるし、私だって彼を温かな愛情で包み、支えになりたい。

サンプリングマリッジが終わるその日までに、想いを伝えようと改めて心に決めた。

九条さんの運転でやってきたのは、ベイエリアにある五つ星ホテル。

到着するなりドアマンがやってきて、降車する永井さんの頭が車にぶつからないよう、手を添えて出迎えた。

「こんばんは、永井様。当ホテルへお越しくださいまして、ありがとうございます」

「こんばんは。車は九条に任せてあるので大丈夫です。今夜はこちらの女性を丁重にご案内いただけますか？」

「かしこまりました。申し伝えます」

彼にエスコートされて、館内へ向かう。

いつ見ても素敵なスーツ姿の永井さんは、このホテルの洗練された雰囲気にぴったりだ。私も、プレゼントしてもらったワンピースなら、どこにいても馴染めると思っていた通り、今までで一番堂々としていられるような気がするけれど、やっぱり緊張は解けそうにない。

ホテルに入ると、コンシェルジュの男性が丁寧に挨拶をしてから、彼と少し話し、案内のために前を歩き出した。

「永井さん」

「ん？」

「いつもこんな素敵なところばかりで……」

「俺のことが知りたいんでしょ？」

そうだけど……やっぱり慣れないところじゃ緊張してしまう。

彼が予約してくれていたのは、ホテル内にある鉄板焼きのお店だ。

鉄板を目の前にして並んで座ると、向かい合うよりも永井さんとの距離が近くてドキドキしてきた。

「お嫌いなものや、アレルギー等はございませんか？」

「ありません」

「永井様はお変わりございませんか？」

「ええ、大丈夫です」

男性のシェフが尋ねてきてそれぞれ答えると、女性店員が一枚板のカウンターにカトラリーを用意し始めた。

お変わりないですかって……どれほどの常連客なのかと、隣から彼に目配せする。

「ここにはよく来るんですか？」

「一番の行きつけだから、月に何度か来ることがあるよ。最近は来れてなかったんだけど……香川《かがわ》さん、俺がこの前来たのっていつでしたっけ？」

シェフの香川さんは恰幅《かっぷく》がよく、丸顔で朗らかな雰囲気だ。永井さんの問いかけに斜め上を見て、両手を腰に当てながら思い出すような表情をしている。

「確か二カ月ほど前だったでしょうか。その前までは、二週に一度お見えになられていましたが、最近はお忙しかったようで……」

香川さんが店員に話しかけられて話が中断すると、永井さんが私に目を向けた。

「初めてお邪魔したのは、五年以上前なんだよ。本当に香川さんにはお世話になってるんだ」

五年以上も前だと、私はまだ学生か社会人になったばかりの頃だ。そして、二カ月前は私が雅哉さんと別れた頃。その頃、永井さんは誰とここに……。

「最近誰と来たのか、気になるんでしょ？」

私の気持ちを察してくれた彼に素直に頷くと、彼は店員になにかを頼み、持ってきてもらったものを私の前に広げた。

「香川さんとは一緒にゴルフに行ったりするくらい、公私ともに仲よくしていただいているんだよ。だから、こうしてなにかあるたびに写真を撮って、酒のつまみになるからここに置いてもらっていて……。これは四月だから、花澄と知り合う前。年度初めに、フランスから来たリゾートホテルの社長をお連れしたんだけど、すごく喜んでくれたんだ」

彼が見せてくれた写真には、今日のようにカウンターに座っている永井さんと青い目をした紳士、そして彼らの後ろに立っている香川さんが仲睦まじく写っている。

「次は、五月になるのか……ここを貸し切って、社内の役職者で飲んだ時だ。無礼講だからってみんな飲むわ食べるわ……結構いい金額を使った記憶があるけど、なによりも上層部の結束が確認できてよかったよ」

永井さんは副社長や専務、常務、執行役員までひとりずつ紹介してくれた。

「それで、これが五月下旬。仲よくしてもらってる取引先の息子さんが結婚のご報告に来てくれたから、お祝いをしたんだ」

結婚の報告……。もしかして、雅哉さんと別れたあの日、永井さんが出席していたのは、その人たちのパーティーだったのかな。

「この頃はもう花澄と出会ってるね。なんだか随分前に感じるけど、まだ三カ月くらいしか経ってないのか」

「そうですね。毎日一緒にいるから、半年以上経ってる感じがします」

私たちが話していると、鮑《あわび》の岩塩蒸しが出された。

「永井さんも前回いらした時、最近素敵な方と知り合われたとお話されていましたよね」

香川さんがそう言うと、永井さんは突然照れた顔をしてビールを口にした。

「そうなんですか⁉　どんな方なんですか？」

彼が知り合った素敵な人がいると聞いたら居ても立ってもいられず、香川さんに尋ねた。

「うーん、そうですねぇ。私は清楚で控えめな、かわいらしい方だとお見受けしましたが」

色々なお客さんを見ている香川さんが言うほどの、清楚で控えめでかわいらしい人……。どこかのご令嬢かなぁ。彼を狙うライバルは多いと知っていたけれど、未だに想いを言葉にして伝えられずにいるから、気持ちばかりが焦る。

彼がいくら私を好きだと言ってくれていても、サンプリングマリッジが終わったら、離ればなれになるかもしれないのだ。

香川さんのお墨付きをもらっているその女性のことが気になって仕方ない。

「いや、だからさ……」

永井さんは少し呆れたように微笑みながら、私を流し見た。

「花澄以外、いるわけないだろ」

その視線に一瞬にして射抜かれてしまった私は、真っ赤な顔でビールを飲んでごまかした。

「永井さん、本当に素敵な方ですね。今日は、私に自慢したくてお見えになられたんでしょう?」

「あはは、そうです。これからまたふたりでちょくちょく伺うつもりですので、よろしくお願いします」

すっかりもとの表情に戻った永井さんと、未だ真っ赤な顔の私。だけど〝これから〟と言ってくれた彼の言葉に期待してしまって、自然と笑みがこぼれる。

そんな私たちを見て、香川さんは終始嬉しそうにしていた。

次に、残っていた六月の写真を見せてくれた。この頃はちょうど七瀬さんのことを知った時だ。

「永井さん。教えてほしいことがあるんです」

「なに?」

「私に言ったこと……覚えてますか?」

「どの話?」

陶器のタンブラーを傾けてビールを飲み干した彼は、二杯目にハイボールをオーダーした。

「前に、『いつまでつらい恋を続けるつもり? 本当に小泉先輩を信じられるの？』って言いましたよね？」

「うん」

「どうしてつらい恋をしてるって思ったんですか？　確かに振り回されてばかりだったけど……知り合って間もなかったあの頃、なんで永井さんがそんなことを言ったのか気になって」

「……それを含めて、いつかは話さなくちゃいけないと思ってたことがあるんだ」

彼はひと呼吸おいてから真剣な表情で向き直り、私も改まって姿勢を正す。

「本当を言うと、サンプリングマリッジを始める前から花澄のことは知ってた」

「えっ……どうしてですか？」

「……一年半くらい前だったかな。小泉先輩と飲んだ時、『実は彼女がいる』って打ち明けられて、写真を見せられたんだ」

「写真？」

「花澄と先輩が一緒に写ってた。『彼女には独身で通してる』って言われて、俺には到底理解できなかったし、それ以上話を聞く気にもならなかった。花澄のこともよく知らなかったから、かわいい子だなとは思ったけどあまりいい印象は持ってなかった」

驚いた私を見て、彼は申し訳なさそうに眉尻を下げて小さく微笑む。

まさか、この生活が始まるずっと前に、雅哉さんが私のことを話していたなんて思いもしなかった。それに、私も真実を知らなかったとはいえ、永井さんにそんな印象を持たれていたのは少しショックで……。

「しばらく経って、サンプリングマリッジが始まる数日前、先輩が知り合いを紹介したって担当から聞かされて、どんな人なんだろうとは思ってた。だけど、当日にマンションの下で待ち合わせた時、花澄がいてすごくびっくりしたし、先輩の気持ちがさらに分からなくなった」

これからなにを聞かされるのかを考えると、そわそわしてしまう。

黙って聞いていると、彼はそっと手を握ってくれた。大きな手の温もりが不安を軽くするようで、じんわりと心に染みる。

「正直言うと、小泉先輩の恋愛事情に首を突っ込むつもりはなかったんだ。でも、花澄がサンプリングマリッジに来たのは彼のためだって話してくれた時、なんだか切なかった。一途に想って尽くしてるのに、きっと先輩の家庭のことを知らずにいるから、騙されてることにも気付かないんだって苛々したこともあったよ。何度も本当のことを教えた方がいいって思ったけど、真実を明かすとしてもいつがベストなのかって、ずっと考えてた」

「そうだったんですね……」

真実を打ち明けられなかった彼も、心苦しかったはず。ただでさえ多忙な彼に、望まぬ負担をかけていたことに間違いはない。私が雅哉さんの本性を見抜けていたらと思うと、申し訳なく思う。

「……ごめんなさい」

「どうして花澄が謝るの？」

「私のためにそこまで考えてくれてたんだって思ったら、申し訳なくて」

「そんなふうに思う必要はないよ」

ふわっと乗せられた彼の手が、私の髪を撫でる。そして、滑るように左頬に落ち、そっと包んだ。

「前に、お願いだから俺に奪われてって言った意味、分かってくれた？」

彼の言葉を思い出したら、三カ月間の記憶と共に自然と涙が溢れ出す。

「花澄が先輩に夢中なのを知れば知るほど、彼を許せなかった。切なそうにしたり、今にも泣きそうだったり……そんな花澄を見ていたら、この子を守りたいって思ったんだよ」

サンプリングマリッジを始めてから、永井さんはなにがあっても変わらずにずっと優しかった。だけど、私が騙されていることを知っていて、それでもありのままの私を受け入れ、助けようとしてくれていたなんて……気付かなかった。

「俺の計画では、先輩が既婚だって花澄に知られずに別れさせたかったんだけどね……上手くいかなかったなぁ。それなら誰も傷つかずに、俺が悪者になれば済む」

彼は正面の窓から見えるレインボーブリッジにぼんやりと焦点を合わせ、今日までの日々を思い出しているようだ。

「……悪者なんかじゃないです」

永井さんは、私にとって騎士のような人。出会い方はちょっと変わってたけど、いつだって隣で守ってくれた。傷ついた心までも、温かく包み込むように。

「悪者でいいよ。俺が花澄を奪おうとしてたのは間違いないんだから」

彼の想いは、本物だと思える。私が冷たくしても、真摯に向き合って想いを伝え続けてくれたから。それに、目の前にいる彼の瞳は、出会った時から変わらずにまっすぐで、とても誠実で……。

「私も、永井さんは素敵な人だなぁって、少しずつ思うようになってましたよ」

「……じゃあ、今は俺のことをどう思ってるの？」

出会った頃は、彼が私の心に踏み込んでくるのが嫌だった。でも、私にとって必要不可欠な存在になった彼に、今、想いを伝えようと心に決めた。

一度落とした視線を呼吸と共に上げると、彼の穏やかな瞳が私の緊張を和らげてくれるようだ。

想いを伝えようとするこの瞬間でさえ、彼が愛しい。いつまでも彼の隣にいたいと心から願ってしまうほどに。

「好きです。……永井さんが大好き」

ずっと秘めていた想いを伝えたら、彼はとても嬉しそうに笑ってくれた。


香川さんやスタッフの方に見送られ、鉄板焼きの店を後にした。

金曜の夜、ホテルの中は大勢の利用客がいて、彼を知る人とすれ違うと声をかけられ、永井さんは挨拶を交わしていた。その間も、私を隠すことなく堂々と腕に手をかけさせてくれて……少しずつだけど、私もちゃんと顔を上げられるようになった。

九条さんが運転する社用車で帰宅したのは、二十二時前だった。

「遅くまですみません。気を付けてお帰りになってくださいね」

こんな時間になってしまったので、九条さんに頭を下げる。

「いいんですよ。これも私の仕事ですから。それより……早く行かれた方がよろしいかと」

「本当にありがとうございました。おやすみなさい」

マンションのエントランスで待っている永井さんは、明らかに不機嫌そうな顔で私と九条さんを見ていた。

コンシェルジュが丁寧に出迎えてくれたエントランスロビーを過ぎ、高層階行きのエレベーターに乗り込む。彼がスーツのポケットからカードキーを出してかざすと、最上階のボタンが点灯した。

「……怒ってます？」

「そうだね」

「でも、九条さんに待っていただいてて、こんな遅くなってしまったからお礼を言っていただけで」

「分かってるよ、大丈夫」

じゃあ、どうしてそんなに不服そうな顔で私を見つめるの……？

「俺の前で、他の男と親しくしないでくれる？　九条だけは仕方ないからギリギリ許すけど」

永井さんの独占欲の片鱗《へんりん》が、瞳の熱に変わる瞬間を目の当たりにした。大きく跳ねた私の鼓動まで一気に焼き尽くそうとするその視線は、今まで見たことのない色気を感じさせる。

六十階に到着したエレベーターから手を繋いだまま降ろされ、足早に長い通路を進んだ。

「約束できるなら、証拠を見せて」

玄関に入るなり、永井さんは私を壁に押しつけて逃げ場を奪ってくる。

「証拠って」

「キスしてよ。今夜は花澄から俺を愛して」

「っ……‼」

彼はサマースーツのジャケットを脱いで廊下に放り、ネクタイの結び目に指をかけて緩めると、あっという間に解いてそれも投げてしまった。

その間、ずっと私を見下ろしている彼は、じわじわと距離を詰めてくる。

「あの、永井さん」

カフスをスラックスのポケットにしまうと、彼はYシャツのボタンをひとつずつ外し、自ら胸元を露わにした。

「どこにキスしてくれるの？」

「……唇だけじゃ、ダメ……ですか？？」

彼の色気に当てられてのぼせそうになりながら、やっとのことで話すと、永井さんは艶っぽく微笑んだ。

「いいよ……して？」

壁に手をつき、私を見下ろす彼が顔を近づけてくる。

何度でも見惚れてしまう整った顔立ちは危うくて、官能的で……視線を逸らしたいのに許されない。

「キスで、俺から離れないって誓ってよ」

鼻先が掠れ、見つめ合う焦点が合わなくなった時、私から唇を重ねた。

想いが爆発したように、心から溢れ出す。キスだけでは足りなくて抱きつこうとしたら、つま先立ちの私を支える彼の腕に抱きしめられ、ふわりと身体が浮いた。

廊下にヒールが片方ずつ落ちても構うことなく、彼は自室のドアを開けて入り、私をキングサイズのベッドに横たえて、すぐに覆い被さってきた。

「んっ……」

唇の隙間から漏れてしまった自分の甘い声に恥ずかしくなる。

「その声、もっと聞きたい」

小悪魔のように艶かしく微笑んだ彼の視線から逃れたくて、思わず目を瞑った。そして、彼の親指が私の唇をなぞり、大きな手が顔の輪郭を辿って耳を包み込む。

もう一方の耳も同じように覆われてしまった。

思わず目を開けた瞬間、唇が重ねられ、隙間から彼の舌が入ってきて……。絡み合う舌と重なる唇が紡ぐ音が広がり、身体中にこもって満ちていく。

見つめ合ったままの口づけは、彼の妖艶な表情のせいで心音まで乱される。まどろんだような甘い眼差しを交わせば、身体が溶けていくようだ。

数分後、両耳は解放されたものの、感覚まで支配されたようにずっとキスの音が耳の奥で鳴り続けている。

その後も終わりが見えないほどキスをして、彼は私の唇を舌先で舐めてから上体を起こした。

「花澄の唇、美味しいからずっと食べていたいけど……」

Yシャツをベッドサイドにためらいなく脱ぎ捨てた彼の凄艶《せいえん》な裸を初めて見て、目のやり場に困る。

綺麗なくぼみを作る鎖骨のラインや、ほどよい厚みの胸板がとても色っぽい。縦横に筋の入った腹部と広い肩幅は、絵に描いたような男らしさが溢れている。

一瞬にして覚えてしまった彼の姿が残像となって消えてくれないから、私は身体を反転して枕に顔を埋めるように隠した。

背中から抱きしめてくる彼の逞しさに、鼓動がピークを迎えようとする。

「ねぇ……もう一回、大好きって言って」

彼が横から私を覗き込んできた。

「…………」

さっきは言えたのに、ムードにのまれて言えなくなる。それに、きっといたずらっ子のような顔をしているか、熱い視線で見つめているかだろうと彼の表情を想像したら、見たばかりの彼の姿と相まって、とても顔を見せられない。

「言ってよ」

耳元で囁く彼の吐息のせいで、身体がより熱を帯びてしまう。

ギュッと抱きしめられ、首筋にいくつもキスが落とされるたびに声が漏れてしまうから、私は思わず口を覆った。

「言ってくれるまでやめない」

「えっ!!」

彼の甘い意地悪に動揺して口を覆っていた手を離すと、すかさず唇が重ねられ、自然と彼が上になった。着ていたワンピースに彼の指がかかり、丁寧に脱がされていく。

「すごく綺麗……」

彼の瞳に晒されて全身が紅潮する。目も合わせられないほど緊張している私を、彼は独占するように力強く抱きしめた。

「早く言って。……じゃないと、本当に止められなくなるよ?」

いつもの優しい声色で、彼は私を困らせる。それなのに、どうしようもなく心惹かれてしまった。

それに、初めて心を通わせられたのが嬉しくて、もっと彼に愛されたいから……。

「……止めなくて、いいです」

彼の腕の中で呟いたら一層力強く抱きしめられて、体温までも彼に侵食されるようだ。

組み敷いて馬乗りになった彼は、とても優しく妖艶に見下ろしてくる。

指先までくまなく彼が触れ、唇が身体中を辿る。私が身を捩るたびに、彼は微笑んでキスをしてくれた。

茹だるような暑さの真夏の夜、たった三カ月で恋をした彼に抱かれて視界が揺れ続ける。最中に見つめ合うと、彼の瞳に心ごと吸い取られてしまった。

与えられる快感に抗えなくなった私の身体が反応を示すたびに、彼は抉《えぐ》るように繋がりを深くし、一層逃げ場を奪う。

「ちゃんと言ってくれるまでは、終わらないから」

心の奥底まで暴こうとする彼は幾度も私を悶えさせ、漏れる嬌声を聞いては余裕たっぷりの表情で微笑むだけ。いつしか私の瞳が潤み出しても、繋がりを解くことない彼に乱され続けた。

快感に墜ちたその先に待ち受ける未知の感覚が怖くて、思わず彼の腕に力なくしがみつく。

「永井さん……大好き……。だから、もう……」

「やっと言ってくれた。……俺も大好きだよ。花澄」

吐息混じりに呟く彼の声が耳元をくすぐり、すでに何度も最高潮を迎えていた私は、大好きな彼の腕の中で優しく甘やかされ続けた。

真夜中を迎えるまでひとしきり愛し合った後、ベッドに座ってタオルケットを引き上げた。

シーツについたたくさんの皺と滲みは、見るだけで恥ずかしい。タオルケットの下に隠した私の身体には、彼が残した真新しい愛の印があちこちに散っている。

胸元のいくつかを放心しながら見つめると、最中の彼の顔が鮮明に浮かんできて、ひとりで赤面してしまった。

ふと窓に目を向けたら、雨粒がついて濡れている。あんなにたくさん灯っていた街のネオンがいつの間にか少なくなり、東京タワーの明かりが一際煌々と光を放っている。その向こうでスカイツリーが夏の空に突き刺さるように輝いていて、とても綺麗だと思った。

「喉、渇いたでしょ？」

「ありがとう」

キッチンからジャスミンティーを持ってきてくれた彼は、ベッドにそっと腰かけて私を案じるように見つめてくる。

「どこもつらくない？」

「……うん」

彼はグラスをサイドテーブルに置くと、私の隣に入ってきて優しく肩を抱き寄せた。

乱れた息は整ったけれど、何度も与えられた快感とその刺激で、まだ少し放心状態だ。言われた言葉や、彼の表情と息遣いが浮かんでは消えを繰り返していて……。

「ごめんな。愛しすぎたかも」

「……もうダメです」

「なにが？」

察してほしいと彼を見上げると、最中に何度も見せられた妖艶で意地悪な笑みを向けられた。

「っ、もうダメですってば！」

「だから、なにが？」

「んっ……」

言い淀む私の唇が塞がれ、声が漏れてしまった。

「誘ってるのは花澄の方だからね？　そんな瞳で見つめられたら欲しくなる」

シーツを滑るようにベッドに引きずり込まれ、下着姿の私に再び火を点けようと彼が動き出す。一瞬にして終わらない夜を覚悟したのに、熱くなった唇を吸われたところで、彼は優しい笑顔を見せた。

「今日はここまでにするから大丈夫」

ホッとしたのも束の間、抱きしめられた耳元に彼の唇が寄せられて。

「明日からは、もっと愛してあげる」

甘くて低い声色が脳裏に焼きつくように残され、私は真っ赤になった顔をタオルケットに隠した。


「おはようございます」

翌朝十時過ぎ。永井さんに連れられてマンションの外に出ると、車寄せにロールスロイスのリムジンが停まっていた。

昨日、彼が九条さんに伝えていたことを思い出すも、あまりにも風格のある車にたじろいだ。

「花澄?」

「やっぱり、まだ慣れなくて……」

その場から足が動かない私に、永井さんは小さく笑って寄り添う。

「大丈夫。俺の彼女なら、これくらいは普通と思っていいから」

「絶対普通じゃないですよ。だって、出かけるだけなのにリムジン……」

「ほら、乗って」

贅を尽くした彼の生活には、どうやっても馴染めそうにない。豪華なマンションに帰るだけでも場違いな気がするし、毎日永井さんが隣にいることさえ未だに夢のようだ。

隣に座る彼を見つめようとしたら、タイミングよくそっと手が繋がれて、鼓動が鳴ってしまった。

とりあえず銀座《ぎんざ》に向かってほしいと彼が運転手に告げ、車はゆっくりと走り出した。

「花澄も、行きたいところがあれば言って」

「……はい」

こんな車で買い物なんてしたら、目立ってしまうだろうと容易に想像できる。だけど、これからも永井さんの隣で過ごしていくなら……少しずつでも慣れていくしかない。

銀座の一角に到着したリムジンは、すでに多くの視線を浴びている。降りて歩く勇気がなくて、思わず繋いでいる彼の手を握ってしまった。

「どうしたの?」

「なんだか緊張しちゃって……。あまり目立つのは得意じゃないし、それに私なんかが」

「気にしないの。花澄は俺の大切な彼女なんだから」

私にとって、ある意味試練ともいえる状況に心臓が大きく鳴る。

「分かった。ちょっと待ってて」

永井さんが先に降りると、行き交う女性たちが振り返って見惚れている。そんな彼の隣を歩くのは、何度経験しても緊張してしまうし、なかなか慣れるものではない。

「どうぞ」

外からドアが開けられ、永井さんが私を出迎えている。

戸惑っていると右手を引かれ、リムジンから降りた私を彼が抱きしめてきて――。

「俺が花澄を選んだんだから、誰にも文句は言わせないよ。それに、花澄はとても素敵だから自信を持って」

周囲を見ると、私に向けられていたのは、怪訝なものではなく羨むような眼差しばかりだった。


大通りの裏手にあるビストロでランチをして、手を繋いだまま銀座の街を歩く。

休日の歩行者天国は、平日以上に多くの人で賑わっている。だけど、永井さんは誰よりも素敵で目立った。

「この服、花澄に似合いそうだね」

デパートのショーウィンドウには、素敵な服を纏ったマネキンが並んでいる。

「かわいい！　似合うかなぁ」

「ちょっと見てみる？」

「……ううん、大丈夫」

お店に入って手に取ったら、きっと彼は買おうとするだろう。そんなふうに尽くされなくても、私は十分幸せだ。

「遠慮してる？」

「だって、前にもなんでもない日にワンピースを買ってもらったばかりだし……」

「俺がプレゼントしたいだけだよ。ねだられるのは苦手だけど、花澄はもっと我儘になっていい」

我儘になれと言われてもなぁ……。身に余る贅沢ばかりで、どうしたらいいか分からなくなる。

「じゃあ、あのバッグを見てみたいです」

軽い冗談のつもりで、ふたつ隣のショーウィンドウに飾られているブランドのバッグを指さすと、あっさり許してくれた。

「今のは冗談ですよ!?」

私の遠慮なんて気に留めず、彼は私の手を引いて、ブランドショップに入っていく。

どうやらここでも常連になっているらしく、スタッフが彼の名を告げて挨拶をして、すぐに店の奥にある個室に通された。

「ショーウィンドウに飾ってあるバッグを、すべて見せていただけますか？」

ソファに座るなり彼がそう言うと、深々と一礼したスタッフは数人で手分けしてバッグを持ってきた。

「欲しいものを好きなだけ選んでいいよ」

「……さすがにこれは」

明らかに高級と知っているブランドのバッグを前にして、私は黙ってしまった。好きなだけと言われても、普段使っている物とは桁が違う。

「欲しいならプレゼントさせて」

リムジンに乗せてもらったり、一流店で食事をしたり、スイートルームで大人のデートを経験したり、こんなふうにブランドショップで買い物をしたり……。

永井さんの彼女は、今まで以上に想像を超えることの連続になりそうだ。

選んだバッグの価格が九十八万円と知って尻込みする私を横目に、彼は躊躇なく艶黒のカードで会計を済ませ、私の手を引いて店を出た。

「ん？　どうしたの？」

彼の袖を小さく引くと、長身から穏やかな微笑みが返される。

「本当に、いいんですか？」

「もちろん。色違いの方も似合ってたけど、ひとつでいい？」

「だ、大丈夫です……」

「俺の彼女になった記念だよ」

「……はい。ありがとうございます」

彼は目を細めて笑みを見せると、私が持っていたブランドショップの袋を持ち、手を引いてデパートを出た。

十七時になってもまだ明るい空は、時間を錯覚させる。

高級なバッグをいきなり買ってくれたり、勢いに乗って服も買おうとする彼を必死で止めたり……本当に驚かされてばかりだけど、一緒にいると楽しくて笑っていられるし、なによりも彼に守られているのが幸せだ。

待たせていたリムジンに乗り込むと、彼は運転手に車を出すように告げた。

永井さんにすぐ着くと言われて、ウィンドウから街並みを眺める。

銀座の街だけでもたくさんの人がいて、都内にはもっと多くの人が生活をしていて……サンプリングマリッジがなかったら、絶対に永井さんとは知り合わなかっただろう。そう考えると、この巡り合わせに縁を感じた。

「サンプリングマリッジも、悪くないかもなぁ」

「急にどうしたんですか？」

ふと呟かれて聞き返すと、彼は私をまっすぐ見つめてきた。

「そもそも、こうなる予定でモニター参加したんじゃないのにと思ってさ。この三カ月間は花澄といられて、すごく幸せだった」

「……私も、永井さんのおかげで幸せです」

どちらからともなく笑みがこぼれ、触れるだけのキスをした。


しばらくリムジンで街を走り、初めて訪れるマンションの前に停まった。

先に降りた永井さんは慣れた様子でマンションの周りを歩いていて、私も小走りで追いかける。

「どなたかお知り合いの方でもいるんですか？」

「そうじゃないよ」

私の問いかけに返事をしつつ、彼は念入りに敷地内の植え込みや建物の外観を見続けている。

「サンプリングマリッジが終わった後に住もうと思って、ひと部屋買ったんだ」

新居のマンションは、低層ながらとても広そうなのが外観からも分かる。今の部屋のような煌びやかな夜景は見えないと思うけど、敷地内にも木々があるし、通りを挟んだ向こうには大きな公園が広がっていて暮らしやすそうだ。

「よし、ＯＫ。帰ろう」

「中には入らないんですか?」

「まだ引き渡し前だからね。この時間に来たことがなかったから、ちょっと見ておきたかったんだ」

リムジンに戻り、来た道を戻っていく。

サンプリングマリッジが終わったら、きっと彼はここでひとりで暮らすのだろう。そして私は身の丈に合った自宅に戻って……。

彼との関係が変わるわけじゃないと分かっていても、その生活を想像しただけで、どこか寂しく感じてしまった。

帰宅してひと息ついてから、一緒にスーパーまで買い物にやってきた。

カートを押してくれる永井さんが楽しそうで、私の足取りまで軽やかだ。

「なに？」

私の視線に気付いた彼が、私の顔を覗き込んできた。

「永井さんとスーパーにいるのが、なんだか嬉しくて」

「え？　なんで？」

私の答えが予想外だったのか、不思議そうに彼は微笑む。

「永井さん、スーパーにいそうな感じしないし……。でも意外と庶民的なところもあるんだなぁって思ったら、本当に彼女になった現実味があって」

「前にも来たじゃん」

「そうですけど、前はもうちょっと他人行儀だったたし、好きなものも知らなかったから」

「そっか」

彼も嬉しそうにしてくれて、私はにこっと微笑み返した。

「今日から、カートは一緒に押すって決まりにしようか」

おもむろに導かれた左手でハンドルを握らされ、彼の右手が私の手に重ねられた。

〝今日から〟がいつまでも続いてほしいと願いながら、彼の温もりを覚えておこうと思った。

夕食を一緒に作って、他愛ない話をしながら食事をした後、「食洗機を使ったらいいのに」と言いながら、キッチンで洗い物をしている私のもとに彼がやってきた。

「好きだよ、花澄」

隣に立っていたはずの彼は、突然背中から抱きしめてきた。

「私も好きです……」

想いを声にするのは、どうしても照れてしまう。紅潮していく頬を隠そうと俯いたら、彼の指で顎を引き上げられて強引に唇を奪われた。

「今日、なんでしゅんとしてたの？」

「してないですよ？」

「本当に？　マンションを見た後から、急に元気が半減してた気がするんだけど」

永井さんの目はごまかせないなぁ。ほんの少しの変化も見逃さないのは、さすがとしか言いようがない。

「言ってくれないと、俺も分からないことがあるから。ちゃんと話して」

「………」

新しいマンションにひとりで暮らすの？って聞いたら、どんな答えが返ってくるんだろう。私と出会う前に購入していたようだし、サンプリングマリッジの終了はいよいよ明日に迫っている。

今日のデートもすごく楽しかったし、自分では手の出ない高価なバッグまで買ってもらって、文句なんてつけようがない。でも、このまま別々に暮らすのは嫌だなんて言ったら、彼を困らせてしまうんじゃないかって……。

「ん……っ」

再び重ねられた唇を割り、彼の舌が私から自由を奪う。絡め取られるたびに電流が全身に流れるようで、ほどなくして私は彼に身を任せた。

話そうとしても、キスをやめてくれなくて……。合間に目を開ければ、彼の瞳に艶かしさを見て、もっと欲しくなってしまう。

ひとしきりキスをされたら、私は熱に浮かされたようにぼんやりとして、すっかり彼のなすがままになってしまった。

「キスしてあげたんだから、話して」

「……交換条件みたい」

「そうだよ」

彼はいたずらっ子のように笑って、泡がついていた私の手を洗って拭い、リビングのソファに導いた。

「こんなことを言ったら、きっと困らせてしまうと思うんですけど……」

「いいよ。なんでも話してほしい」

「……今日見たマンション、引き渡しはいつですか？」

「約一週間後だよ。その間にここから引越しの準備をするつもり」

「そうですか……」と力なく答えれば、彼はまた私の顔を覗き込んでくる。

「永井さんがひとりで住むって決めてるなら、文句は言いません」

「なにを言うかと思えば……」

まったく、と言って彼は小さくため息をついた。

やっぱり言うんじゃなかった。彼は私に〝もっと我儘になっていい〟と言ってくれたけど、さすがに優しい彼だって困るだろうな。

「花澄と住むに決まってるだろ？　別々に暮らそうなんて思ってないよ」

「……本当に、一緒にいていいんですか？」

「花澄が俺を選んでくれるなら、いつまでも一緒にいて」

胸につかえていた切なさが晴れると同時に、嬉しくて泣いてしまいそうになる。

彼は私を抱きしめ、頬にキスをしてくれた。

「それから、詳しく話してなかった俺も悪いけど、新居はもっと広いんだよ」

「ここより⁉」

一緒に住むつもりでいてくれた彼の気持ちを知れて嬉しいけれど、さらに広いと聞かされて驚きが先に声になってしまった。

「低層マンションを選んだのは、広い部屋が多いからだよ。ここも悪くないけど、たまに来る感じでいいかな」

「この部屋を売って、引っ越すんじゃないんですか⁉」

ことごとく想像の遥か上を行く生活環境に唖然としていると、彼は「あはは」と楽しそうに笑った。

「永井さんの生活に合わせたら、私が私じゃなくなってしまいそうです」

「大丈夫だよ。そのうち、住まいや環境の差なんて気にならなくなるから」

と言われても、やっぱり彼の生活スタイルは贅沢の極みだ。庶民の私がこの環境に慣れるまで、どれくらい時間がかかるのかすら想像できなかった。

土曜の夜は、いつもより就寝が遅くなる。彼のベッドで逞しくて温かい腕に包まれる時間は、いつまでも話していたくなるほど楽しくて幸せで……。

「明日はどこでデートしようか?」

「うーん……一緒にいられたら、それでいいです」

「俺も。でも、せっかくの休みだし、どこかに行かない?　いつも出かける時から一緒だから、たまには待ち合わせでもして」

「うん」

待ち合わせのドキドキ感は好きだ。相手の到着を待つ間の緊張と幸せの混じりがなんとも言えないから。

「花澄は九条の車でおいで。ちょっと分かりにくい場所で待ち合わせるし」

「永井さんの行きつけですか?」

「そういうことではないんだけどね。とりあえず、場所は九条が分かってるから大丈夫だよ」

「分かりました」と返事をすれば、彼は額に優しいキスをしてくれた。ゆっくりと視線を交え、どちらからともなく唇を重ねたら、次第に抱きしめられていた腕が緩んでいく。

「……抱きたい」

彼は自然と私を組み敷いて、ストレートに欲を言葉にして伝えてくる。

これからも彼の隣にいられる幸せを噛みしめながら、私は何度もシーツを握り、求め合って愛を確かめた。

翌日、永井さんが言っていた九時ちょうどに、九条さんがインターホンで到着を知らせ、私はエントランスへ向かう。

「上遠野様、おはようございます」

「おはようございます。今日はどこに行くんですか？」

「私の口からは申し上げられません。それでは参りますね」

九条さんは本当に口が堅い。社長秘書兼運転手ともなると、それが当然なんだとは思うけど……。

「どうしても教えていただけないんですか？」

「はい。口が裂けてもお話しできません」

そんなにも秘密にされると、永井さんから直接聞くしかないかと、バッグの中にある携帯に手を伸ばす。

「一時間もかからず到着しますから、ゆっくりなさってください。どこに向かっているのかは、着くまでの楽しみにされたほうが、社長もお喜びになると思いますよ」

私の様子をバックミラーで見ていた彼は、小さく微笑んでから前に向き直った。

昨日来た銀座の街を走り抜け、ビルの合間から顔を出した東京タワーを眺める。

最初は早く終わればいいと願っていたのに、今日でサンプリングマリッジが終わると思うと寂しくなった。これからも永井さんと暮らせるとしても、今日までの三カ月が本当に特別すぎたせいで、明日になったら夢のように消えてしまいそうな感覚は変わらない。

それほどに幸せな日々だったと思えるから……。

「到着いたしました」

予定通り一時間ほど経った頃、九条さんが後部座席の私を丁寧に降ろしてくれた。

「ここは……どこですか？」

目の前は木々の深緑に阻まれ、その先になにがあるのか見当もつかない。周囲の景色を見渡しても、ヒントすら見つけられなかった。

それに、永井さんの姿もなく、隣に立つ九条さんに視線を向けて問う。

「その石畳を進んでいただければ分かります。社長もそちらにいらっしゃいますのでご安心ください。私はお帰りまでこちらでお待ちしております」

そっと背中を押してくれた九条さんに会釈をして、なにが待ち受けているのかと小さく一歩を踏み出す。そよ風でマキシ丈の白いスカートがなびき、周りの緑が囁くように揺れた。

買ってもらったばかりのバッグを手に、転ばないように慎重に歩みを進めれば、木々の先に美術館のような建物が見えた。前は開けていて、近づくとその大きさに圧倒される。

真横に伸びている建物が一体なんなのか、看板を探しても見当たらず、携帯を取り出すとタイミングよく永井さんから電話がかかってきた。

《着いた?》

「はい。美術館のような大きな建物の前にいます」

《ドアを開けて、入ってきて》

そう言うと、彼は一方的に終話してしまった。

真ん中に設けられている木目の大きなドアに向かい、両手でゆっくりと引く。ひんやりとした屋内はやや暗く、左右に延びている通路に彼の姿はない。

横長と思っていた建物は縦方向にも通路があるようで、正面のドアをゆっくりと引いて開けた。その先には、陽光が差し込む綺麗な大空間が広がっていて……私は何度も瞬きを繰り返す。

奥にある祭壇で神々しく輝く大きな十字架の前に、白いタキシードを着た永井さんがいた。

「待ってたよ」

ここが大聖堂《カテドラル》だと気付いた私は唖然として立ち竦み、凛とした彼の佇まいに見惚れてしまう。

「花澄、おいで」

高い天井と優美なステンドグラスに囲まれた荘厳な空間に、一歩ずつ踏み出していく。まるで天窓から降る陽光に導かれているようだ。

そして向かう先には、優しい瞳で私を見つめている彼がいて――。

瞳を潤ませながら祭壇に辿り着くと、彼が手を取ってやんわりと握ってくれた。

「驚かせてごめんね。でも、今日は特別だから」

――八月二十日、日曜日。青空がとても綺麗な朝の十時。

時を知らせる鐘が鳴って、彼はゆっくりと深く息を吸ってから私を見つめ直した。

「今日は、花澄に伝えたいことがあります。俺の気持ちを聞いてください」

「……はい」

緊張と予感で高鳴る鼓動が、私の声を震わせる。壊れ物を扱うように繋がれた手は、突然のことでずっと冷たかったのに、彼の温もりと少しずつひとつになってきた。

「今日のこの時間で、出会ってからちょうど三カ月。花澄はまだ俺をよく分かってないだろうし、俺も花澄のことを分かってあげられてないところが多いと思う。だから、これから一緒に過ごしていく中で、ちゃんと心を開いて分かり合っていきたい」

頷いて相槌を打つ私は、彼の言葉に聞き入った。

「……俺は、運命なんてないと思ってたんだ。自分で決めた道を進んできたから、そこは揺るがないはずだった。でも、今はそうじゃない。……どうしてだと思う？」

彼の問いかけに潤んだ瞳で見つめながら、私は小さく首を傾げた。

「花澄に出会ったからだよ」

「……私？」

優しく微笑みを向けられるだけで、心が締めつけられていく。

「一生懸命相手のために尽くしたり、愛情を向けて信じようとしてる姿を見ていたら、花澄を幸せにしたいって思うようになってた。花澄の笑顔を守るためなら、なんでもできるって知ったんだ。こんなに愛せる人と出会えたのは、運命だと思う」

彼はとても穏やかな微笑みを浮かべてから、そっと手を離して私の前にゆっくりと跪《ひざまず》いた。

「上遠野花澄さん」

「……はい」

喜びを携えた凛々しい表情で彼が見上げている。私は声を震わせながら呼びかけに答えた。

「かけがえのないあなたが悲しまないよう、つらく思うことがないよう、全力で守ります。あなただけを、生涯かけて大切にします」

大粒の涙が私の頬を伝い、彼の姿を滲ませていく。

聖堂の後方に設けられたパイプオルガンが濁りのない音色を奏で、厳かなその音に導かれるように彼が輝くリングを手にした。

「永遠の愛を誓います。……結婚してください」

私は感動のあまり返事が言葉にならなくて、精いっぱい気持ちを込めて何度も頷く。

左の薬指にそっと通された立て爪のダイヤモンドリングが、天窓から降る青空の光を受けて輝いている。

彼はゆっくりと立ち上がり、私をきつく抱きしめた。

「花澄、出会ってくれてありがとう」

指先で涙を拭ってくれる彼は、目元を細めて微笑んでいる。

「世界中の誰よりも、ふたりで幸せになろう」

「はい」

私は嬉し涙で濡れた微笑みを返し、彼の瞳に幸せな未来を映す。

そして、優しいキスで永遠の愛を誓い合った。

特別書き下ろし番外編

最愛の妻を紹介します

『明日は曇りで、一日中ひんやりとした空気になるでしょう。来週からは本格的な秋を感じられるように――』

土曜の十八時過ぎ。リビングのテレビでは夕方のニュースが流れていて、知り合いのコメンテーターが出演している。

「海都さん」

「なに？」

「昼間に買ったイクラと松茸、早速使いますね」

「いいよ。今晩はなにを作ってくれてるの？」

「鮭とイクラの親子丼と、湯葉と松茸のすまし汁です。おひたしと煮物は残り物なんだけどいい？」

「もちろん。味が染みて美味しそう」

キッチンで夕食を作っている花澄をソファから眺めるのが、俺の特別な時間。時々俺に話しかけては微笑む、エプロン姿の花澄が本当にかわいくて……。

正真正銘の〝恋人〟になってから、あと少しで二カ月。出会ってからまだ五カ月しか経っていないけれど、毎日一緒に過ごしてきたからか、もっと長く一緒にいたような気がする。

引っ越してきた四階建ての低層マンションは、６ＬＤＫの間取りで前の部屋より広いし、目の前に公園の緑が広がっていて環境もいい。都内を一望するあのマンションもよかったけど、長く住むにはこっちの方が最適だと思う。それに、いずれ家族が増えていくだろうし……。

「海都さん、ご飯できましたよ」

ダイニングテーブルに並んだ手料理は彩りがよく、彼女が料理教室で学んだことが生かされているようだ。もともと上手だったけど、最近は磨きがかかっていて、先日九条を招いた時も絶賛だった。

ダイニングの椅子に座って、お吸い物やおかずを口に運んでいると、向かい側から彼女が見つめてきた。

「美味しい？」

「うん、いい味だよ。美味しい」

「よかった」

彼女は瞬時に花が咲いたような笑みを浮かべた。

こんなに素敵な子が俺の婚約者になってくれるなんて、夢にも思わなかった。サンプリングマリッジがなかったら、出会うこともなかっただろうな。……これは運命だと確信しているのは、あの三カ月があったからだ。

もし花澄と出会えなかったら、今頃は日々仕事に追われ、癒しのない時間ばかり過ごしていただろう。もちろん、結婚もまだ考えてなかったはず。

「なんですか？」

味の染みた煮物を美味しそうに食べる彼女を見つめていたら、不思議そうに微笑まれてしまった。不意をつく彼女のなにげない仕草や表情は、破壊力がある。

「今日も花澄はかわいいなぁと思ってただけ」

「っ‼　……海都さんこそ、毎日素敵ですよ」

彼女の言葉に慌てて横を向き、にやけてしまいそうになるのを抑えた。溶けてしまったような締まりがない顔は見せられない。

「海都さんどうしたの？　おひたしの味が変だった？　悪くなってるようだったら食べないでくださいね」

「いや、そんなことはないよ」

ふうっと息をついてから向き直ると、彼女はおひたしを口に運び、少し首を傾げて味を見ている。

「本当に美味しいよ。ちょっと飲み込むのに引っかかっただけ」

なんとかごまかした俺に、彼女が穏やかな眼差しを向けてくれるだけで、心が満たされるようだ。

「そういえば、昨日会社帰りにガイドブックを買ってきたんです。二月の式をモルディブで挙げられるなんて、本当に夢みたい」

伝手を使って飛行機と宿泊施設の予約を先に済ませてからというもの、彼女がたびたび話題にするのは挙式とハネムーンのこと。豪華で派手な式にはしたくないと言っていたけれど、行きたいところを探ったら、やっとのことで重い口を開き、『モルディブ』と答えてくれた。

ついでにハネムーンも兼ね、以前から行ってみたかったドバイにも足を向ける予定。一生に一度のことだし、どうせなら贅沢しようと密かに色々と計画中だ。

「モルディブから戻ったら、時期を見て家族と友人を招いて、もう一度式を挙げよう」

「うん。家族全員楽しみに待ってるって言ってました」

「それから、二カ月後に婚約披露パーティーを開くことになった」

「うん……えっ、パーティー⁉」

「モルディブの挙式はふたりきりだし、どこかで報告の場を作らないといけないんだ。俺の都合で悪いんだけど」

「海都さんのお仕事を考えたら、それはわかるんですけど……。何人くらいご招待するんですか？」

華やかな場に馴染みのない彼女は、きっとこういう反応をするだろうなって思っていた。

「うちのグループ企業の役員で七十人程度、取引先の役員は百人くらい。他にもいるから、二百人弱になるかな」

「二百人⁉　そんなにたくさんの方に集まっていただくなんて……」

「ごめんね、俺の都合で」

想像しただけで彼女はあたふたしているけれど、それすらかわいくて、ずっと見ていられるくらい大好きだ。

「私、きっと上手く話せませんよ？　おもてなしだって自信ありません」

「大丈夫。俺に任せて」

二月の挙式まで何事もなく過ごすと思っていた彼女は、少し心配そうにしつつも頷いてくれた。


食事を終えてからリビングのソファに並んで座り、婚約披露パーティーのために九条に用意させた衣装のカタログやパーティー会場のパンフレットを彼女に渡した。

「気に入ったものを好きなだけ選んで。決まったら採寸と試着の予約を入れておく」

「私、一般的な七号か九号なら着れるはずですけど……」

「せっかくだからオーダーして作ってもらうんだよ。カタログのデザインを参考にして、自分の好きにカスタマイズした方が、花澄も気に入るでしょ？　他の機会でも着れるように、何着か持っておいた方がいい」

「他の機会って……」

「俺の奥さんになると、そういうこともあるからね」

今までも出席していた各種パーティーに、いずれは〝妻〟として彼女が隣を歩くことになるだろうし、ドレスを持っていて困ることはないだろう。

「そうだ。前から聞こうと思ってたんだけど、花澄の名前はどんな由来があるの？」

「漢字のままですよ。花のような澄んだ香りのする女の子になるようにって、両親がつけてくれました。〝花〟じゃなくて〝香〟を使うかどうか悩んだみたいですけど、私は花でよかったなぁって思います」

「どうして？」

「香りは記憶に残るけど、花は目に見えるじゃないですか。ちゃんと存在を認めてもらえるから……。海都さんは？」

「俺は父親の仕事の都合で、水の都で生まれたから」

「水の都って、ヴェネツィア⁉」

そうだよ、と頷くと、彼女はとても驚いた様子でパンフレットをめくる手を止めた。

「漢字が〝水〟じゃなくて〝海〟になったのは、海を越えて世界を広く見て、自分の都と言えるようなものを持つ男になるようにって思いで、父親がつけてくれたらしいんだ。随分と期待が大きいなって、初めて聞かされた時に感じたなぁ」

「でも、その通りになりましたね」

「お世話になった人たちのおかげだよ。今度のパーティーも、俺にとってすごく大切な人たちが集まるだろうから、花澄をちゃんと紹介するね」

最初は戸惑っていた彼女も、ドレスのカタログを眺めているうちに楽しみになってきたようでひと安心だ。きっとどんな格好でも見惚れてしまうのに、どれがいいと思うか意見を求められて困った。

気に入ったものをいくつかピックアップして、十着に絞り込んだ頃には、彼女も笑顔になっていた。

明日にでもうちのドレスショップに連絡を入れて、早速準備に取りかかろう。

「……待って。今夜も？」

「ダメ？　いいでしょ？」

やんわり微笑んで甘えてみると、彼女はためらいながら視線を逸らした。

「……だって、一昨日も」

日付が変わる頃、フットライトが灯る主寝室で彼女を腕の中に閉じ込めた。

確かに一昨日も愛し合ったけど、許されるなら毎日でも抱きたいのが俺の本音。

重ねた唇は柔らかく、その弾力を味わうように何度も食む。洗面室にある歯磨き粉のスペアミントの香味が混ざり合っていくようで、思わず吐息を漏らした。

「んっ……」

やがて曖昧に開いた隙間から舌を入れて咥内を探れば、彼女から誘うような甘い声が聞こえてきた。

そっと身体を押して馬乗りになると、濡れた瞳に支配欲を駆り立てられる。

「愛してるよ、花澄」

力いっぱい抱いたら壊れてしまいそうな華奢な身体に、ありったけの愛をぶつける。キスをして目を合わせたら、花澄が小さく微笑んでくれた。

「海都さん」

「なに？」

「海都さんに愛してもらえて、本当に幸せ……」

どうしてこんなタイミングで言うかなぁ。きっと花澄は無自覚で、思ったことを素直に伝えてくれただけなんだろうけど、この状況でそんなことを言われたら——。

繋がりを解くことなく彼女の背に手を添えて起こし、対面に抱きかかえて座る。柔らかな胸や綺麗なくびれにキスを落としながら見上げると、そっと俺の髪を撫でてくれた。

今夜は朝まで寝かせてあげられないかもしれないと予感しながら、俺は何度も突き上げて、むさぼるように求める。律動に伴って腰が浮き、かわいい声で喘ぎ応える花澄の姿は、女神のように美しいと思った。

——二カ月後。十二月吉日。

初雪が降る予報は外れ、運よく朝から快晴に恵まれた。ここ数日のような冷え込みは幾分か和らいでいるように感じる。

招待客の受付は十時からで、パーティーの開始は十時半。俺たちは七時過ぎから会場に入り、支度を進めているところだ。

八百坪の庭が広がる郊外の一軒家レストランを貸し切った婚約披露パーティーは、創作フレンチのビュッフェ形式。メインのダイニングは一面ガラス張りで開放感がある。庭園の景色を眺めながら誰でも座れるように、ソファや椅子も多めに用意してもらった。

九時前になり、俺は控室のソファに腰かけ、タキシードに皺や汚れがつかないよう気を付けながら、淹れてもらったコーヒーを啜った。

カーテンで仕切られた支度ブースでは、花澄がドレスを選んで着替えている。

「海都さん、どっちのドレスがいいと思う？」

カーテンが開けられ彼女が出てくると、ヘアメイクのスタッフは自然に部屋を出ていった。

「花澄が着たい方にしたらいいよ」

さっき着ていた方もよく似合っていたし、彼女の好みとデザイナーの意見が取り入れられたドレスは、どちらも特別なものだ。

「ちゃんと選んでくれてます？」

「もちろん」

アフタヌーンドレスを着ている彼女が、姿見の前で一回転して俺に向き直った。

彼女が持ってきた二着は、レースが繊細なアフタヌーンドレスとビジューモチーフが襟元を飾っているマーメイドラインのシルクドレス。どちらを選んでも、俺のタキシードと合うだろう。

だけど、白いアフタヌーンドレスの方は艶やかで綺麗な肌がよく映えるが、背中の中央辺りまでV開きになっていて目のやり場に困る。一方、マーメイドラインのドレスも華やかでいいけれど、こっちはこっちでウエストが絞られているデザインだから、彼女のスタイルがよくわかる。

「海都さんが着てほしいのはどっちですか？」

「そうだなぁ」

どっちも着てほしくないなんて言えるわけがない。このパーティーを開いたのも、そのためにドレスを選ばせてオーダーしたのも、全部自分だ。だけど、ドレスを着た花澄の色気が予想を大幅に裏切ってきたから、誰の目にも触れさせたくない。

「ストールとか羽織るの？」

「ううん、室内だから寒くないしこのままです」

「そっか……」

「もしかして、似合ってないですか？」

「まさか。すごく似合ってるから、俺も選べなくて困ってるんだよ」

「本当に？」

　俺が答えずにいる時間が長くなるほど、彼女は悲しそうな顔をする。そんなつもりはないんだけど……あぁ、どうすればいいんだ‼

「海都さん、本当のこと言って？」

　ソファから腰を上げ、眉尻を下げてしゅんとしてしまった彼女に近づく。

　彼女が見上げてくるせいで、めまいがしそうなほどの色気に当てられてしまい、柔らかな唇にキスをした。

「っ‼」

　これだけで少しずつ熱を持ったように頬を染めていく彼女が、とにかくかわいくてたまらない。

　ギュッと抱きしめれば、彼女の背中に手のひらがじかに触れてドキドキしてきた。

ここが家だったら、迷うことなく押し倒して襲いかかっているだろうな。

ヘアメイクのスタッフがいつ戻ってくるかと気にしていた彼女は、ドアの方を見てから俺の胸元を軽く押した。だけど、俺はその手を取って、もう一度抱き寄せる。

「ドレス姿の花澄がかわいすぎて、誰にも見せたくないんだよ。こんなことなら和装にすればよかった」

とはいえ、着物姿の彼女も美しくて、同じことになるんだろうな……。

「海都さん……」

「両方とも似合ってるから、心配しないで自信を持っていいよ。今日みたいな日は、特に緊張してしまうと思うけど、俺が言ったことを忘れないで」

そっと彼女を解放して見つめると、綺麗にメイクが施された彼女の表情が明るくなっていく。

「どんな時でも、俺が全力で守るから大丈夫。花澄は俺の隣にいてくれたら、それでいい」

女性らしい丸みのある頬を手のひらで包み、揺れる瞳をじっと見つめる。ゆっくりまぶたを閉じた彼女に応えるように、俺は顔を傾けて——。

「大変いいところにお邪魔して申し訳ありませんが」

閉じていたはずのドアが開けられていて、声の主に振り返った。

「……御門《みかど》！ いつからいた？」

「数秒前だよ」

初対面の花澄はドレス姿を隠すように、俺の背から小さく顔を覗かせて窺っている。

御門には乾杯の挨拶を頼んでいたから早めに来たのだろうけど、なんともタイミングが悪い。

彼は学生時代からの大切な友人で、七瀬の店を誘致する海外プロジェクトに携わってもらっている。『御門建設《みかどけんせつ》』は日本一のスーパーゼネコンで、彼の一族が継承してきた歴史ある大企業だ。俺は自分で敷いたレールを歩んできたけれど、良家の御曹司として生まれた彼は彼で大変らしく、時間があれば食事に出て話を聞くこともある。

相変わらず冷たい声色にクールな顔立ちは、冷徹な印象を持たれやすい。だけど、隠しきれない育ちのよさは上品で洗練されていて、どんな集まりでも目を引く存在だ。

「花澄、こちらは御門建設のご子息で副社長の御門慧《けい》さん。御門建設は知ってるよね？」

「……はい。御門建設さんはうちの会社に社員旅行を依頼してくださっているので」

彼女は俺の隣に立ち、御門に向かって小さく頭を下げた。

まさかそんな繋がりがあったのかと少し驚きつつ、世間の狭さを改めて感じた。ATSほどの企業なら不思議ではないけれど。

「はじめまして。上遠野花澄と申します。本日は年末のお忙しい中、ご出席くださいまして、本当にありがとうございます」

「ご招待ありがとうございます。こんなところまでお邪魔してすみません。もしかして、ATSさんにお勤めですか？」

「はい。いつもお世話になっております」

「こちらこそ、今後ともどうぞよろしくお願いいたします。……じゃあ、また後でな、海都」

緊張している花澄に挨拶を返した御門は、小さく手を挙げて戻っていった。

入れ違いにヘアメイクのスタッフが入ってきて、彼女の支度が再開した。

待っている間、俺は招待した約二百名の名簿と記憶している顔を今一度確認していく。こんな時だからこそ、人違いはご法度だ。

今後の社のためにも、大切な集まりになることは間違いない。

パーティーの予定時刻になり、介添人のアテンドで控え室を出て、入場ドアの前に立つ。

ドアの向こうでは司会者が挨拶を始め、集まってくれた招待客の様子が伝わってきて、俺の腕に手を預けている花澄は緊張の面持ちだ。

「花澄」

小声で呼びかけると、ゆっくりと俺を見上げた瞳に自分が映った。

「大丈夫か？」

「……人生で一番緊張してるけど、頑張ります」

「今日の花澄は世界一綺麗だから、きっとみんな見惚れてしまうと思うけど、俺が隣にいるから安心していいよ。いつも通りの花澄でいて」

頬を染めた彼女を見つめ、ゆったり微笑む。

自信をつけたくて、色々と頑張っていることはちゃんと見てる。それが、俺にふさわしい妻になるためだってことも。

……でもね、花澄。そんなことをしなくても、俺にはお前だけ。こんなにかわいくて魅力的で、素直で一途な女性を手放すはずがないだろ？

いくら愛しても足りないくらい、お前が欲しくてたまらないんだ。心の奥まで掻き乱されるような想いを抱いたのは、後にも先にもお前だけだから……。

弦楽四重奏の生演奏が始まり、上品な音色が響き出す。

「そろそろ参ります。よろしいでしょうか」

介添人の合図でスタッフがドアを一気に引き、俺は彼女をエスコートしてドアの向こうに出た。たくさんの拍手に出迎えられ、揃って一礼してから設けられたメインテーブルへと歩いていく。

仕事上の重要な取引先ばかりが集まっていて、挨拶しながらも気を引き締めた。半歩ほど後ろにいる花澄を見れば、カメラのフラッシュを浴びつつもにこやかに会釈をしているけれど、緊張がピークを迎えているのが伝わってくる。

席に着き、改めて一礼すると、あまりにも素敵な彼女に視線が集まった。

会場を見渡した花澄は、背筋を伸ばしてゆっくりと息をつくけれど、緊張が解けることはなく、前に組んだ両手がほんの少し震えている。

「それでは、永井より皆様へご挨拶と婚約のご報告を申し上げます」

介添人に渡されたマイクを手にした俺を、彼女が見上げる。俺は彼女に、「大丈夫」ともう一度小さく呟き、微笑みかけてから正面に向き直った。

「皆様、本日は年末のご多忙中にもかかわらず、私たちのためにお集まりくださいまして誠にありがとうございます。日頃大変お世話になっております皆様に、本日は私の婚約をご報告いたしますと共に、妻の紹介を兼ね、このような場を設けさせていただきました。お開きまでお付き合いのほど、どうぞよろしくお願い申し上げます――」

婚約披露パーティーは、今始まったばかり。

これからの君の幸せを俺が守ると、大勢の前で誓う一日は長くなりそうだ。

END

あとがき

最後までお付き合いくださった皆さま、ありがとうございました。溺愛CEO・永井と、ひたすら愛される幸せ者のヒロイン・花澄の恋は楽しんでいただけたでしょうか。

このストーリーを思いついたのは、ニュースで婚活に関する話題を見たのがきっかけです。当初は、甘さと苦さのバランスを五分五分にする予定だったのですが、書き進めるうちに心が痛み、甘さを大量投入した結果、永井が十割スイートな男に仕上がりました。小泉が本性を現すシーンは特に切なくて苦しい気持ちになるのですが、騎士《ナイト》のような永井の存在がより引き立てられ、お読みくださった皆さまに「ドキドキする恋」がお届けできていたらいいなと思います。

永井は起業を決意して、レールを正確に敷き詰めながら一日たりとも努力を怠らず、前へ前へと力強く歩んできた人です。彼の優しさは単なる甘やかしで終わることなく、彼女に〝努力して成長するきっかけ〟を与えました。それは、永井に見守る余裕と信じる強さがあったからではないかと思います。走り続けてきた彼だからこそ、自分のペースで進む大切さを知っていたのでしょうね。

花澄は、自分と誰かを比較しがちで自信が持てない女の子でしたが、永井と時間を共にして、自分の幸せを決めて踏み出す勇気を持ち、またひとつ心が強くなりました。彼女の純粋な人柄と芯の強さが伝わっていたらいいなと思います。


日々時間を割いてくださった担当の福島さま。『私も永井とお試し新婚生活をしてみたい！』と言ってくださったのが印象的で、とても嬉しかったです。何度もご相談に乗ってくださりありがとうございました。編集にご協力くださった妹尾さまからは、的確なご指摘をいただきました。この作品がより魅力的に変身できたのも、お力添えあってこそです。心より感謝申し上げます。

永井と花澄の日常の一コマを素敵な表紙にしてくださった上原た壱さまと、この作品の書籍化にご協力くださった皆さまにも、この場をお借りして御礼申し上げます。

そして、最後までお読みくださった皆さまに、心から感謝申し上げます。ありがとうございました。

北条《ほうじょう》歩来《あゆら》

北条歩来先生への
ファンレターのあて先

〒104-0031
東京都中央区京橋1-3-1
八重洲口大栄ビル7F
スターツ出版株式会社　書籍編集部　気付

北条歩来先生

本書へのご意見をお聞かせください

お買い上げいただき、ありがとうございます。
今後の編集の参考にさせていただきますので、
アンケートにお答えいただければ幸いです。

下記URLまたはQRコードから
アンケートページへお入りください。
http://www.berrys-cafe.jp/static/etc/bb

溺愛CEOといきなり新婚生活!?

2017年12月10日　初版第1刷発行

著　　者　北条歩来

発 行 人　松島 滋
デザイン　カバー　河野直子
フォーマット　hive&co.,ltd
校　　正　株式会社　文字工房燦光
編集協力　妹尾香雪
編　　集　福島史子
発 行 所　スターツ出版株式会社
〒104-0031
東京都中央区京橋1-3-1　八重洲口大栄ビル7F
TEL　販売部　03-6202-0386（ご注文等に関するお問い合わせ）
URL　http://starts-pub.jp/
印 刷 所　大日本印刷株式会社

Printed in Japan

ISBN 978-4-8137-0366-2　C0193

『エリート上司の甘い誘惑』

砂原雑音《すなはらのいず》・著

OLのさよは、酔い潰れた日に誰かと交わした甘いキスのことを忘れられない。そんな中、憧れのイケメン部長・藤堂が意味深なセリフと共に食事に誘ってきたり壁ドンしてきたり。急接近してくる彼に、さよはドキドキし始めて…。あのキスの相手は部長だったの…？

ISBN978-4-8137-0316-7／定価：本体630円+税

ベリーズ文庫 好評の既刊

書店店頭にご希望の本がない場合は、
書店にてご注文いただけます。

『クールな御曹司と愛され政略結婚』

西《にし》ナナヲ・著

映像会社で働く唯子は、親の独断で政略結婚することに。その相手は…バージンを捧げた幼馴染のイケメン御曹司だった!?　今さら愛なんて生まれるはずがないと思っていたのに「だって夫婦だろ？」と甘く迫る彼。唯子は四六時中ドキドキさせられっぱなしで…!?

ISBN978-4-8137-0317-4／定価：本体640円+税

『スパダリ副社長の溺愛が止まりません！』

花音莉亜《かのんりあ》・著

設計事務所で働く実和子が出会った、取引先のイケメン御曹司・亮平。彼に惹かれながらも、住む世界が違うと距離を置いていた実和子だったが、亮平からの告白で恋人同士に。溺愛されて幸せな日々を過ごしていたある日、亮平に政略結婚の話があると知って……!?

ISBN978-4-8137-0313-6／定価：本体620円+税

『国王陛下は無垢な姫君を甘やかに寵愛する』

若菜《わかな》モモ・著

王都から離れた島に住む天真爛漫な少女・ルチアは、沈没船の調査に訪れた王・ユリウスに見初められる。高熱で倒れてしまったルチアを自分の豪華な船に運び、手厚く看護するユリウス。優しく情熱的に愛してくれる彼に、ルチアも身分差に悩みつつ恋心を抱いていき…!?

ISBN978-4-8137-0318-1／定価：本体640円+税

『俺様副社長のとろ甘な業務命令』

未華空央《みはなそらお》・著

外資系化粧品会社で働く佑月25歳。飲み会で泥酔してしまい、翌朝目を覚ますと、そこは副社長・高宮の家だった…！　彼から「昨晩のことを教えるかわりに、これから俺が呼び出したら、すぐに飛んでこい」と命令される佑月。しかも頷くまで帰してもらえなくて…!?

ISBN978-4-8137-0314-3／定価：本体630円+税

『寵妃花伝　傲慢な皇帝陛下は新妻中毒』

あさぎ千夜春《ちよはる》・著

村一番の美人・藍香は、ひょんなことから皇帝陛下の妃として無理やり後宮に連れてこられる。傲慢な陛下に「かしずけ」と強引に迫られると、藍香は戸惑いながらも誠心誠意お仕えしようとする。次第に、健気な藍香の心が欲しくなった陛下はご寵愛を加速させ…。

ISBN978-4-8137-0319-8／定価：本体640円+税

『御曹司と溺愛付き!?ハラハラ同居』

佐倉伊織《さくらいおり》・著

25歳の英莉は、タワービル内のカフェでアルバイト中、同じビルにオフィスを構えるキレモノ御曹司、一木と出会う。とあるトラブルから彼を助けたことがきっかけで、彼のアシスタントになることに！　住居も提供すると言われついていくと、そこは一木の自宅の一室で…!?

ISBN978-4-8137-0315-0／定価：本体640円+税

ベリーズ文庫 好評の既刊

書店店頭にご希望の本がない場合は、
書店にてご注文いただけます。

『次期社長と甘キュン!?お試し結婚』

黒乃《くろの》 梓《あずさ》・著

祖父母同士の約束でお見合いすることになった晶子。相手は自社の社長の孫・直人で女性社員憧れのイケメン。「すぐにでも結婚したい」と迫られ、半ば強引にお試し同居がスタート。初めは戸惑うものの、自分にだけ甘く優しい素顔を見せる彼に晶子も惹かれていき…!?

ISBN978-4-8137-0332-7／定価：本体650円+税

『溺あま御曹司は甘ふわ女子にご執心』

望月《もちづき》いく・著

ぽっちゃり女子の陽芽は、就職説明会で会った次期社長に一目ぼれ。一念発起しダイエットをし、見事同じ会社に就職を果たす。しかし彼が恋していたのは…ぽっちゃり時代の自分だった!?「どんな君でも愛している」――次期社長の規格外の溺愛に心も体も絆されて…。

ISBN978-4-8137-0333-4／定価：本体630円+税

『イジワル社長は溺愛旦那様!?』

あさぎ千夜春《ちよはる》・著

イケメン敏腕社長・湊の秘書をしている夕妃。会社では絶対に内緒だけど、実はふたりは夫婦！　仕事では厳しい湊も、プライベートでは夕妃を過剰なほどに溺愛する旦那様に豹変するのだ。甘い新婚生活を送る夕妃と湊だけど、ふたりの結婚にはある秘密があって…？

ISBN978-4-8137-0329-7／定価：本体640円+税

『王宮メロ甘戯曲　国王陛下は独占欲の塊です』

桃城猫緒《ももしろねこお》・著

両親を亡くした子爵令嬢・リリアンが祖父とひっそりと暮らしていたある日、城から使いがやって来る。半ば無理やり城へと連行された彼女の前に現れたのは、幼なじみのギルバート。彼はなんとこの国の王になっていた!?　リリアンは彼からの執拗な溺愛に抗えなくて…。

ISBN978-4-8137-0335-8／定価：本体630円+税

『狼社長の溺愛から逃げられません！』

きたみ まゆ・著

美月は映画会社で働く新人OL。仕事中、ある事情で落ち込んでいると、鬼と恐れられる冷徹なイケメン社長・黒瀬に見つかり、「お前は無防備すぎる」と突然キスされてしまう。それ以来、強引なのに優しく溺愛してくる社長の言動に、美月は1日中ドキドキが止まらなくて…!?

ISBN978-4-8137-0330-3／定価：本体630円+税

『クールな伯爵様と箱入り令嬢の麗しき新婚生活』

小日向史煌《こひなたしおん》・著

伯爵令嬢のエリーゼは近衛騎士のアレックス伯爵と政略結婚することに。毎晩、寝所を共にしつつも、夫婦らしいことは一切ない日々。でも、とある事件で襲われそうになったエリーゼを、彼が「お前は俺が守る」と助けたことで、ふたりの関係が甘いものに変わっていき!?

ISBN978-4-8137-0334-1／定価：本体640円+税

『エリート上司の過保護な独占愛』

高田《たかだ》ちさき・著

もう「いい上司」は止めて「オオカミ」になるから――。商社のイケメン課長・裕貴は将来の取締役候補。3年間彼に片想い中の奥手のアシスタント・紗衣がキレイに目覚めた途端、裕貴からの独占欲が止まらなくなる。両想いの甘い日々の中、彼の海外勤務が決まり…!?

ISBN978-4-8137-0331-0／定価：本体630円+税

ベリーズ文庫 2017年12月発売

書店店頭にご希望の本がない場合は、
書店にてご注文いただけます。

『強引な次期社長に独り占めされてます！』

佳月弥生《かげつやよい》・著

地味で異性が苦手なOL・可南子は会社の仮装パーティーで、ひとりの男性と意気投合。正体不明の彼のことが気になりつつ日常に戻るも、普段はクールで堅物な上原部長が、やたらと可南子を甘くかまい、意味深なことを言ってくるように。もしやあの時の彼は…!?

ISBN978-4-8137-0365-5／定価：本体640円＋税

『溺愛CEOといきなり新婚生活!?』

北条歩来《ほうじょうあゆら》・著

OLの花澄は、とある事情から、見ず知らずの男性と3カ月同棲する"サンプリングマリッジ"という企画に参加する。相手は、大企業のイケメン社長・永井。期間限定のお試し同棲なのに、彼は「あなたを俺のものにしたい」と宣言！　溺愛される日々が始まって…!?

ISBN978-4-8137-0366-2／定価：本体630円＋税

『極上な御曹司にとろ甘に愛されています』

滝井《たきい》みらん・著

海外事業部に異動になった萌は、部のエースで人気NO.1のイケメン・恭介と席が隣になる。"高嶺の花"だと思っていた彼と、風邪をひいたことをきっかけに急接近！　恭介の家でつきっきりで看病してもらい、その上、「俺に惚れさせるから覚悟して」と迫られて…!?

ISBN978-4-8137-0362-4／定価：本体630円＋税

『過保護な騎士団長の絶対愛』

夢野美紗《ゆめのみさ》・著

天真爛漫な王女ララは、知的で優しい近衛騎士団長のユリウスを恋慕っていた。ある日、ララが何者かに拉致・監禁されてしまい!?　命がけで救出してくれたユリウスと想いを通じ合わせるも、身分差に悩む日々。そんな中、ユリウスがある国の王族の血を引く者と知り…？

ISBN978-4-8137-0367-9／定価：本体630円＋税

『副社長と愛され同居はじめます』

砂原雑音《すなはらのいず》・著

両親をなくした小春は、弟のために昼間は一流商社、夜はキャバクラで働いていた。ある日お店に小春の会社の副社長である成瀬がやってきて、副業禁止の小春は大ピンチ。逃げようとするも「今夜、俺のものになれ」――と強引に迫られ、まさかの同居が始まって…!?

ISBN978-4-8137-0363-1／定価：本体630円＋税

『伯爵夫妻の甘い秘めごと　政略結婚ですが、猫かわいがりされてます』

坂野真夢《さかのまむ》・著

没落貴族令嬢・ドロシアの元に舞い込んだ有力伯爵との縁談。強く望まれて嫁いだはずが、それは形だけの結婚だった。夫の冷たい態度に絶望するドロシアだったが、あることをきっかけに、カタブツ旦那様が豹変して…!?　愛ありワケあり伯爵夫妻の秘密の新婚生活！

ISBN978-4-8137-0368-6／定価：本体630円＋税

『俺様Dr.に愛されすぎて』

夏雪《なつゆき》なつめ・著

医療品メーカー営業の沙織は、取引先の病院で高熱を出したある日、「キスで俺に移せば治る」とイケメン内科医の真木に甘く介抱され告白される。沙織は戸惑いつつも愛を育み始めるが、彼の激務続きですれ違いの日々。「もう限界だ」と彼が取った大胆行動とは…!?

ISBN978-4-8137-0364-8／定価：本体630円＋税